जीवन जीने की कला

ओशो प्रवचनों से संकलित

प्रस्तुति

स्वामी आनन्द सत्यार्थी
(Ph.D; Reiki Grand Master)

डायमंड बुक्स

www.diamondbook.in

प्रकाशकः डायमंड पॉकेट बुक्स (प्रा.) लि.
X-30, ओखला इंडस्ट्रियल एरिया, फेज-II
नई दिल्ली-110020
फोन : 011-40712200
ई-मेल : sales@dpb.in
वेबसाइट : www.diamondbook.in

Jeevan Jeene Ki Kala
By : SWAMI ANAND SATYARTHI

जीवन जीने की कला

बचपन से आज तक जिस ढंग से हमारा पालन-पोषण हुआ है, जो शिक्षा व संस्कार हमें परिवार व समाज से मिले हैं उसके परिणाम स्वरूप हमारा जीवन दुःख, तनाव, पीड़ा व चिन्ताओं का जोड़ बन कर रह गया है।

इनके पार आनंदित जीवन कैसे जीएं? प्रस्तुत है ओशो प्रवचनों से संकलित 'जीवन जीने की कला'। ओशो के दृष्टिकोण को समझें तो आपको इसके मर्म की सही जानकारी होगी।

आमुख

घर में आग लगी हुई हो तो हम किसी से पूछने नहीं जाते, शास्त्रों में उत्तर नहीं खोजते कि क्या करना है? किसी भी तरीके से घर से बाहर भाग कर आते हैं। परन्तु हमारा जीवन दु:ख, तनाव व चिन्ताओं का जोड़ बन कर रह गया है उससे बाहर आने का प्रयास नहीं करते क्योंकि हमारी शिक्षा, संस्कार व समाज बीच में आ जाता है।

हमारे माता-पिता, भाई, बन्धु, पड़ोसी जो कर रहे हैं यानि पद, धन, यश व अहंकार की दौड़ में हैं, हम भी वही कर रहे हैं, और करें भी तो क्या? वे दु:ख, तनाव व चिन्ता में जीते हैं हम भी दु:ख, तनाव व चिन्ताओं में जीने को हमारी नियती यानि किस्मत में लिखा मान लेते हैं। और जिन्दगी जीते नहीं, ढोते हैं।

ओशो कहते हैं हम सुख-दु:ख के पार आनंदित जी सकते हैं। कैसे?

ओशो के प्रवचनों से संकलित इस पुस्तक में बच्चों के पालन-पोषण का ढंग, शिक्षा का प्रारूप कैसा हो, भोजन की गुणवत्ता तथा जीवन जीने के विभिन्न पहलुओं पर विस्तार से चर्चा की है। पुस्तक पढ़ते-पढ़ते आप स्वयं जान पाएंगे कि हमारे जीवन में कहां-कहां त्रुटियां हुई हैं। जिनके परिणाम स्वरूप हमारा जीवन, दु:ख, तनाव व चिन्ताओं का जोड़ बन कर रह गया है।

पुस्तक में ओशो द्वारा बताए गए जीवन जीने के सूत्र, ओशो क्या कहना चाहते हैं, इशारे को पकड़ें, अंगुली नहीं भाव पकड़ना है, भाव को समझें जैसे सांप केंचुली छोड़ बाहर आता है वैसे ही आप पुराने संस्कारों से मुक्त हो अपने जीने के ढंग में परिवर्तन करने का संकल्प करेंगे, दु:ख, तनाव व चिन्ताओं को अपनी किस्मत में लिखा ना मान कर इनके पार आनंदित जीवन जीने की ओर अग्रसर होंगे।

कुछ कमियां व त्रुटियां रह गईं हो तो सुझाव भेजने के लिए पाठकों एवं विशेषज्ञों को हमारा हार्दिक आमन्त्रण है।

प्रेम व आनंद सहित

–स्वामी आनंद सत्यार्थी

swamianand.satyarthi@gmail.com

विषय सूची

''जीवन को जानने की सम्भावना तो तभी है, जब हमारा व्यक्तित्व एक ओपनिंग, एक द्वार बन जाये। गीत के लिए, हवाओं के लिए, सौन्दर्य के लिए, संगीत के लिए, सुगन्ध के लिए, सब तरफ हमारा जीवन एक द्वार बन जाये।''

-ओशो

पृथ्वी नष्ट कर रहे हैं...

जंगल विदा हो गये हैं, लाखों वृक्ष प्रतिदिन काटे जा रहे हैं। अभी वैज्ञानिक चेता रहे हैं लेकिन कोई भी उन्हें सुनने को तैयार नहीं है कि यदि इस पृथ्वी के सारे वृक्ष विदा हो जायें, मनुष्य जीवित नहीं रह सकता। हम पर्यावरण के साथ एक गहन लेन-देन की स्थिति में हैं। मनुष्य श्वास में ऑक्सीजन लेता है और कार्बनडाइऑक्साइड छोड़ता है। वृक्ष कार्बन-डाई-ऑक्साइड लेते हैं और ऑक्सीजन छोड़ते हैं। न तुम वृक्षों के बिना जी सकते हो, न वृक्ष तुम्हारे बिना। यह एक सीधा उदाहरण है अन्यथा जीवन और भी हजार तरह से जुड़ा हुआ है। क्योंकि हजारों वृक्ष कट गये हैं, वातावरण में इतनी कार्बनडाईऑक्साइड इक्ट्ठी हो गयी है कि इसने पूरी पृथ्वी का तापमान चार डिग्री बढ़ा दिया है।

तुम्हारे लिए यह ज्यादा महत्वपूर्ण नहीं! चार डिग्री। लेकिन यह कम महत्वपूर्ण नहीं। इस शताब्दी के अन्त तक, यह तापमान इतनी बर्फ पिघलने को काफी होगा। जिससे महासागरों का तल चार फीट ऊंचा उठ जाएगा। एक डिग्री तापमान के बढ़ने का मतलब है कि सागरों का तल एक फुट ऊंचा उठना। इसलिए जो शहर महासागरों के किनारों पर हैं और सारे बड़े-बड़े शहर उन किनारों पर हैं- वे पानी से भर जायेंगे।

यदि तापमान बढ़ता रहा जिसकी पूरी संभावना है क्योंकि अभी तो कोई नहीं सुन रहा है... बिना किसी समझ के वृक्ष काटे जा रहे हैं, व्यर्थ की चीजों के लिए, घटिया अखबारों के लिए। तुम्हें अखबार चाहिए और तुम जीवन को नष्ट कर रहे हो। इस बात की संभावना है कि यदि हिमालय की सारी बर्फ पिघलनी शुरू हो जाये जैसा अतीत में नहीं हुआ है, तो महासागरों का तल बीस फुट ऊंचा उठ जायेगा और लगभग पूरी पृथ्वी को डूबो देगा। तुम्हारे सारे शहर नष्ट हो जायेंगे।

मुम्बई, कलकत्ता, न्यूयॉर्क, लंदन और सैन फ्रान्सिसको। शायद कुछ आदिम लोग- जो पहाड़ों पर रहते हैं- बच जायें।

सभी समस्याएं सरल हैं

एक तरह से यह संकट स्थिति अच्छी है क्योंकि वह लोगो को चुनाव करने के लिए बाध्य करेगी, तुम मरना चाहते हो या तुम एक नया जीवन जीना चाहते हो।

क्षतिपूर्ति हो सकती है तो फिर अतीत के प्रति मर जाओ, तुम्हें अतीत विरासत की भांति जो भी मिला है उसे त्याग दो और नई शुरूआत करो। मानो तुम इस धरती पर पहली बार अवतरित हुए हो। प्रकृति के साथ दुश्मन की तरह नहीं, दोस्त की तरह काम करना शुरू करो, और पर्यावरण फिर से एक सात्तय एकता की भांति काम करने लगेगा।

इस धरती को और हरा-भरा बनाना कठिन नहीं है। यदि बहुत सारे वृक्षों को काटा गया है तो और बहुत से वृक्ष लगाये भी जा सकते हैं। और वैज्ञानिक सहयोग से भी बड़ी तेजी से बढ़ सकते हैं और उन पर ज्यादा घने पत्ते आ सकते हैं। नदियों में भिन्न-भिन्न प्रकार के अवरोध खड़े किये जा सकते हैं जिससे कि देशों का बाढ़ से नुकसान न हो। वही पानी कई गुना अधिक बिजली पैदा कर सकता है और हजारों गांवों की अंधियारी रातें रोशन कर सकता है, सर्द शीतकाल में उष्मा दे सकता है।

बात सरल है। सभी समस्याएं सरल हैं। लेकिन इन समस्याओं के मौलिक आधार गड़बड़ हैं। मैं सारी दुनिया को यह बताना चाहता हूं कि अगर तुम एक होने के लिए तैयार नहीं हो तो इस ग्रह में विलीन होने को तैयार हो जाओ।

खूबसूरत पृथ्वी

वैज्ञानिकों ने हिसाब लगाया है कि करीब पचास हजार ऐसे ग्रह हैं जहां जीवन का अस्तित्व है। रात में जब तुम तारे देखते हो, वे तारे नहीं हैं, वे सूर्य हैं। लेकिन वे इतने दूर हैं कि चमकते तारे लगते हैं। तुम्हारा सूर्य बहुत औसत दर्जे का है। यह पृथ्वी की तुलना में बहुत बड़ा है, लेकिन दूसरे सौरमंडलों की तुलना में, दूसरे सूर्य-और अब तक बीस लाख सौरमंडल खोज लिए है- हमारा सूर्य बस औसत दर्जे का है। वे हमारे इस सूर्य से

लाखों गुना बड़े हैं, और उनके अपने ग्रह हैं। लेकिन कोई भी वैज्ञानिक इस बात का पता लगाने में समर्थ नहीं हुआ कि पूरे ब्रह्मांड में कहीं चेतना का अस्तित्व है या नहीं और निश्चित ही ऐसा कोई निशान नहीं है कि गौतम बुद्ध, लाओत्से, च्वांगत्सु, बोधिधर्मा जैसे लोग हैं- ऐसे लोग जिन्होंने अपने सत्य को पा लिया है। बगैर चेतना के यह संभव नहीं है।

यह पृथ्वी पूरे ब्रह्मांड में समृद्धतम है, और यह ब्रह्मांड अनंत है। इसकी कोई सीमा नहीं है। जीवन सिर्फ यहां इतने सुंदरतम ढंग से प्रकट हुआ जहां कि चेतना है। और चेतना ने ऐसी विधियां विकसित की हैं कि वह शिखर तक पहुंच सके, चेतना के एवरेस्ट पर।

चीजें ऐसी जगह आ गई हैं कि पूरी मानवता को जगाया जा सकता है। और यदि लोग चर्च, सिनागॉग जाना बंद कर दें, स्वयं को अमरीकन, रशियन, भारतीय कहना बंद कर दें... यदि वे घोषणा कर दें कि यह पूरी पृथ्वी एक है, और सारी पृथ्वी वैज्ञानिकों को संसाधन उपलब्ध करवाएगी ताकि वे बेहतर जीवन के लिए कार्य कर सकें, अधिक जीवन, अधिक चेतना, बेहतर चेतना, हम सारी दुनिया इतने बुद्धपुरूषों से भर सकते हैं कि फूल भी उतनी खुशबू नहीं दे पाएंगे।

आज हम धरती को नष्ट कर रहे हैं, जो इस विशाल ब्रह्मांड में एकमात्र स्थान है, एक छोटा-सा ग्रह जो चेतना के सर्वोच्च शिखर पर आ गया है। यह केवल मानवता के प्रति ही अपराध नहीं है बल्कि पूरे ब्रह्मांड के प्रति अपराध है।

–ओशो

फ्रॉम डेथ टू डेथलेसनेस

अमृत की तलाश...

भगवान! क्या मौत पर विजय पाई जा सकती है?

गिरिशचन्द्र, यह प्रश्न तभी उठा सकते हो जब मौत से तुम बहुत डरे हो। मौत पर विजय पानी है? क्या कभी विश्राम नहीं करना है। दौड़ते ही रहना है, धापते ही रहना है।

मौत दुश्मन नहीं है कि उस पर विजय पाओ : मौत तो महामित्र है। मौत तो तुम्हारे सारे जीवन के उपद्रव, सारे जीवन की आपाधापी के बाद विश्राम का क्षण है। मौत तो तुम्हें नयी देह देगी, नया जीवन देगी। अगर कुछ पाठ लिए हों, पुराने जीवन से तो नये जीवन में उनका उपयोग कर लेना। मौत तुम्हें एक अवसर देगी पुरानी आदतें छोड़ने, पुरानी देह के छोड़ने का। मौत तो एक महा अवसर है।

मैंने सुना है, जब सिकंदर भारत की यात्रा को आया तो उसने सुन रखी थी एक कहानी। कहानी ही मानता था, नहीं सोचा था कि सच होगी। सुन रखा था उसने कि कहीं रास्ते में मरुस्थलों में कोई एक ऐसा झरना है, जिस झरने का जल पी लेने से आदमी अमर हो जाता है। सिकंदर जब आया तो उसने अपने सिपाहियों को कह रखा था कि पता लगाए रखना, जहां से गुजरो पता लगाए रखना, कि वह झरना कहां है? और आखिर वह एक दिन घड़ी आ गई जब उस झरने का पता मिल गया। सिकंदर ने उस झरने पर चारों तरफ पहरा लगवा दिया, अकेला उस झरने के पास गया। एक छोटी सी खोह में, एक छोटी सी गुफा में वह झरना था। भीतर प्रवेश किया। बड़ा स्वच्छ निर्मल जल था- ऐसा जैसा कभी नहीं देखा। स्फटिक मणि जैसी स्वच्छता की बात तो सुनी थी, मगर देखी नहीं थी, आज पहली बार देखी। सामने अमृत को देख कर फिर कोई रुके। जल्दी से अंजलीभर कर पीने को ही जा रहा था कि कोई आवाज गूंजी कि रुक। चारों तरफ देखा कि कौन है गुफा में?

एक कौआ बैठा था। उस कौए ने कहा, रुक, मेरी सुन ले। मेरी कथा सुन ले। मेरी दुःख-कथा सुन ले, फिर पीना।

एक क्षण रुक जाएगा तो कुछ हर्ज नहीं होगा।

एक तो कौआ, और बोले। भरी अंजली छूट गई। सिकंदर भी एकदम घबड़ा गया और उसने पूछा कि क्या तुम्हें कहना है? उस कौए ने कहा, मुझे यह कहना है कि जैसे तू सिकंदर है आदमियों में, ऐसा ही मैं भी सिकंदर हूं कौओ में। मैंने भी कहानी सुनी थी और मैं भी खोज में निकला था। और अंततः मैंने यह झरना पा लिया और मैंने जी भर कर पानी पी लिया। इस बात को हुए सदियां बीत गईं। अब मैं मरना चाहता हूं और मर नहीं पा रहा हूं। सिर पटकता हूं, चोट नहीं लगती। पहाड़ से गिरता हूं, जिंदा का जिंदा। आग में चला जाता हूं, पंख नहीं जलते। जहर पीता हूं, असर नहीं होता। और अब मुझे मरना है। मैं थक गया। बहुत थक गया। अब कब तक जीता रहूं? किसलिए जीता रहूं? अब यह जिंदगी बहुत बोझ मालूम होती है। अगर तुम्हें कुछ पता हो ऐसी किसी जगह का जहां अमृत को काटने वाली दवा, कोई एंडीडोट, तो मुझे बता दो। और मेरी कथा सुनने के बाद भी अगर तुम्हें पीना हो तो पीओ, लेकिन सोच लेंना, फिर मर न सकोगे।

और कहते हैं सिकंदर ने दो क्षण सोचा और फिर भागा वहां से- भागा इसलिए कि कहीं प्रलोभन में पी ही न ले- ऐसा भागा कि उसने लौटकर पीछे नहीं देखा। कभी कोई उससे बात भी छेड़ता था उस झरने की तो वह बात नहीं करता था। वह कहता था कि उसकी बात ही मत करो। उस झरने की मैं बात ही नहीं सुनना चाहता।

गिरीशचंद्र, तुम पूछते हो : 'क्या मौत पर विजय नहीं पाई जा सकती?'

क्या करोगे मौत पर विजय पाकर? मौत जीवन की विपरीत अवस्था नहीं है: जीवन को नित नया करने की व्यवस्था है। मौत से गुजर कर जीवन नित नूतन होता है। मौत जीवन का अंत नहीं है। जीवन तो शाश्वत है। जीवन को जानो तो तुम्हें जीवन की शाश्वतता पता चल जाए। जीवन तो अमृत है ही, अब किसी ओर अमृत की जरूरत नहीं है। और मौत को जीत कर क्या करोगे?

असली सवाल यह नहीं है मौत को विजय किया जाए। असली सवाल यह है कि जीवन कैसे जीया जाए। क्या फिजूल की बात पूछते हो। अभी

जिंदा हो, इस जिंदगी का उपयोग हो सके, कैसा सदुपयोग हो सके, ऐसी कुछ बात पूछो। ऐसी कुछ बात पूछो कि कैसे जीएं इस जीवन को समग्रता से कि फिर दुबारा देह में न आना पड़े? ऐसी कुछ बात पूछो कि कैसे जीएं परिपूर्णता से कि इस पृथ्वी की परीक्षाओं में फिर न आना पड़े।

यही तो जानने वालों ने पूछा है और जानने वालों ने समझाया और जताया है। उपनिषद् पूछते हैं, बुद्ध यही पूछते हैं, बुद्ध यही समझाते हैं, उपनिषद् यही समझाते हैं। कुरान और बाइबिल आखिर क्या समझा रहे हैं? एक ही बात समझा रहे हैं कि देह में होना, एक विराट आत्मा को एक बहुत संकीर्ण से स्थान में बंद करना है। यह कारागृह है। तुम चाहते हो कारागृह शाश्वत हो जाए? इन सींकचों के बाहर कभी न निकल सको।

उड़ान नहीं है मानसरोवर की तरफ? हंसा, उड़ चला वा देश। उस दूसरे देश की तलाश नहीं करनी है, इसी किनारे रहना है सदा-सदा? और पाया क्या है इस किनारे? खोया है सिर्फ।

नहीं, मृत्यु को शत्रु मत मानो। मृत्यु के दो उपयोग हैं। जो आदमी अंधों की तरह जीया, ध्यान-विहीन जीया, उसके लिए भी मृत्यु मित्र है। क्योंकि वह उसे नयी देह देगी, फिर नया बचपन देगी, फिर नयी ताजगी देगी, फिर नयी बुद्धि देगी-ताकि फिर जीवन का अनुभव कर सके। एक बार चूक गया, अगली बार न चूके : इस आशा में परमात्मा दूसरा अवसर देगा। और जिस व्यक्ति ने जीवन को समग्रता से जीया, ध्यानपूर्वक जीया, जीवन को समाधि में रूपांतरित कर लिया, उसके लिए? उसके लिए दूसरी देह नहीं मिलेगी। उसके लिए तो परमात्मा में निमग्न होने का अवसर मिलेगा। वह तो उसके विराट आकाश में लीन हो जाएगा, जैसे गंगा सागर में गिर कर लीन हो जाती है। उस लीनता का आनंद लेगा। वह आनंद शाश्वत है-सच्चिदानंद। वहां सत्य है, वहां चैतन्य है, वहां आनंद है। देह नहीं होगी, सिर्फ बोध मात्र होगा, चिन्मात्र होगा। और अगर तुम्हें यहीं-यहीं वापस आना है तो घबराते क्यों हो?

मौत यदि रुकती नहीं तो जन्म भी रुकता कहां है!
एक क्षण यदि और है तो दूसरा क्षण और कुछ है,
रूप पल पल पर बदल कर और कुछ है और कुछ है!
यह अखंड विधान जग में रंच भी झुकता कहां है!
मौत यदि रुकती नहीं...

यदि तुम्हारे वक्ष में है सांस बांहों में भरा बल,
काल-सरिता की लहर पर आंक दो गति-चित्र निर्मल।
सिंधु समझो बिंदु पर यह बिंदु में चुकता कहां है!
मौत यदि रुकती नहीं...
दु:ख केवल दु:ख ही यदि सत्य है तो और क्या है?
अश्रु सिंचित हास पुलकित जिंदगी फिर और क्या है?
जिंदगी का मोल केवल मौत से चुकता कहां है?
मौत यदि रुकती नहीं...

गिरीशचन्द्र, ऐसे क्या घबराए? न मौत रुकती, न जन्म रुकता। मौत और जन्म एक ही सिक्के के दो पहलू हैं : इधर मरे, उधर जन्मे। जन्म हो गया तो मौत होगी, मौत हो गई तो जन्म होगा- सिर्फ उन लोगों को छोड़कर जो जाग कर मरेंगे। जो जाग कर मरेंगे, व न तो जन्मते, न मरते : वे उस शाश्वत को पा लेते हैं, जिसका कोई जन्म नहीं, मृत्यु नहीं, उस शाश्वत का नाम ही परमात्मा है।

गिरीशचन्द्र, पाओ परमात्मा को। मौत पर विजय पाकर क्या करोगे? क्या हाथ लगेगा? सत्तर साल की जिंदगी हो कि सात सौ साल की, सात सौ साल हो कि सात हजार साल की-क्या होगा? तुम वही दोहराए जाओगे ना। इतना दोहराने से भी तुम्हें समझ नहीं आती। इन्हीं-इन्हीं गड्ढों में फिर-फिर गिरोगे। यही-यही भूलें फिर-फिर करोगे।

नहीं, मौत पर विजय नहीं पानी है, जीवन पर विजय पानी है। और जीवन पर विजय किसे मिलती है? उसको मिलती है जो जीवन को जान लेता है। हम अपने से ही अपरिचित जी रहे हैं : यह भी पता नहीं कि मैं कौन हूं और मौत को जीतना चाहते हैं। डूबकी मारो इसमें कि मैं कौन हूं। पूछो एक प्रश्न सतत-मैं कौन हूं? और इतना उत्तर खोज लो।

और उत्तर, ख्याल रखना, उधार न हो। मेरा उत्तर तुम्हारे काम का नहीं: न बुद्ध का, न महावीर का, न कृष्ण का, न क्राइस्ट का, किसी का उत्तर तुम्हारे काम का नहीं। तुम्हें अपना उत्तर खोजना होगा। अपना सत्य ही मुक्त करता है 'दूसरों के सत्य सिद्धांत बन जाते हैं, संप्रदाय बन जाते हैं। दूसरों के सत्य तो बंधन बन जाते हैं।

—ओशो

उत्सव अमार जाति, आनंद आमार गौत्र, प्रवचन-10

महामंत्रः स्थगित करें

जो शुभ को करने में देर करता है, वह चूक जाता है। और जो अशुभ को करने में जल्दी करता है, वह भी चूक जाता है। शुभ को करने में जो देर करता है, वह चूक जाता है। और अशुभ को करने में जो जल्दी करता है, वह चूक जाता है।

जीवन का सूत्र यही है कि अशुभ को करते समय रुक जाओ और देर करो, और शुभ को करते समय देर मत करना और रुक मत जाना।

अगर कोई शुभ विचार ख्याल में आ जाए, तो उसे तत्क्षण शुरू कर देना उपयोगी है। क्योंकि कल का कोई भरोसा नहीं है। आने वाले क्षण का कोई भरोसा नहीं है। हम होंगे या नहीं होंगे, नहीं कहा जा सकता। इसके पहले कि मृत्यु हमें पकड़ ले, हमें निर्णायक रूप से यह सिद्ध कर देना है कि हम इस योग्य नहीं थे कि मृत्यु ही हमारा भाग्य हो। मृत्यु से ऊपर का कुछ पाने की क्षमता हमने विकसित की थी, यह मृत्यु के आने तक तय कर लेना है। और वह मृत्यु कभी भी आ सकती है, वह किसी भी क्षण आ सकती है। अभी बोल रहा हूं और इसी क्षण आ सकती है। तो मुझे इसके लिए सदा तैयार होने की जरूरत है। प्रतिक्षण मुझे तैयार होने की जरूरत है।

तो कल पर न टालना। अगर कोई बात ठीक प्रतीत हुई, तो उसे आज से शुरू कर देना जरूरी है।

–ओशो
ध्यान सूत्र

महामंत्रः स्थगित करो

शुभ कार्य के लिए मुहूर्त निकलवाते हैं
और
अशुभ कार्य (काम, क्रोध, लोभ, इत्यादि) तत्क्षण करते हैं।
सोचे समझे महामंत्र का उपयोग कब करना है।

–सम्पादक

संतोष कब होगा?

जागो! और ध्यान केवल इतना ही होगा कि थोड़ी देर के लिए बाहर को बंद करेगा, ताकि भीतर के स्वर भी सुनाई पड़ने लगें।

सुना है तुमने कि कृष्ण की बासुरी बजती है, तो फिर गोपियां अपने घरों में काम नहीं कर पातीं, उनके हाथ-पैर डगमगा जाते हैं, गगरी छूट जाती है, मथनी भूल जाती है, भागती हैं मदहोश। यह कथा तो केवल प्रतीक है। इंद्रिया प्रतीक हैं गोपियों की। इंद्रिया स्त्रैण हैं। और जिस दिन भीतर की बांसुरी बजने लगती है, सुनाई पड़ने लगती है- बांसुरी तो बज ही रही है, लेकिन जिस दिन तुम थोड़ा या ध्यान उस तरफ लगाते हो और बांसुरी सुनाई पड़ती है-बस इंद्रियां फिर भूल जाती हैं अपनी मथनी, अपना दूध, अपनी गगरी, अपना काम, मदमस्त होकर भागने लगती हैं। वह अंतिम दशा है, जहां भीतर के कृष्ण की बांसुरी बज रही है, और सारी इंद्रिया उनके आस-पास नाचने लगीं, परिधि नाचने लगी केन्द्र के पास इसको हमने रास कहा है, जो कृष्ण नाच रहे हैं और गोपियां चारों तरफ नाच रही हैं।

तुम्हारी हालत उल्टी है, गोपियां भाग रही हैं, तुम उनके पीछे भाग रहे हो। और ध्यान रखें, कोई गोपी उससे राजी नहीं होती, जो उसके पीछे भागता है। तुम भागे गोपी के पीछे कि गोपी गई किसी और के पीछे, कि तुम बेकार हुए। वह तुम्हारा भागना ही बता देता है कि तुम अपने भी मालिक नहीं, दूसरे के मालिक होने का हक कहां से पाओगे! इंद्रियों के पीछे भागता हुआ आदमी, इंद्रियां भी समझ जाती हैं कि कैसे बेकार हो तुम। कुछ भी तुम्हारे पास नहीं। तुम क्षुद्र के लिए भाग रहे हो।

सचेत होओ। ध्यान तुम्हें सचेत करेगा। ध्यान तुम्हारी यात्रा का आयाम बदलेगा। और एक बार तुम्हें भीतर का स्वर सुनाई पड़ने लगे, क्रांति घटित हो गई। इंद्रियां अपनी जगह होंगी और स्वस्थ होंगी। उनका नाच भी चलता

रहेगा, क्योंकि उनके नाच से कुछ बाधा नहीं है। लेकिन वे परिधि पर होंगी, अपने स्थान पर होंगी। तुम्हारे साथ चलेंगी, तुम्हारी छाया होंगी। और जिसने भीतर के इस राम को पा लिया, इस भीतर के केन्द्र को पा लिया, उसे पाने को फिर कुछ शेष नहीं रह जाता। तभी संतोष फलित होता है, उसके पहले संतोष नहीं होगा।

–ओशो

नहिं राम बिन ठांव, प्रवचन-16

समझ अपनी-अपनी

एक मित्र ने पूछा है कि मैंने कल कहा कि अतीत में ऐसे शिक्षक हुए हैं जिन्होंने जीवन को असार बताया। उन मित्र ने कहा है कि जीवन को असार किसी ने भी नहीं बताया, संसार को असार बताया है।

संसार को भी असार बताया हो तो गलत बताया है, संसार असार नहीं है। संसार को देखने की दृष्टि गलत हो तो संसार असार दिखाई पड़ेगा। संसार को देखने की दृष्टि सम्यक् हो तो संसार ही प्रभु के रूप में परिवर्तित हो जाता है। दृष्टि ही गलत हो सकती है, और कुछ भी गलत नहीं है। लेकिन आदमी की पुरानी कमजोरी है, और वह यह कि दोष कभी भी अपने ऊपर नहीं लेना चाहता है, दोष सदा किसी और पर डाल देना चाहता है। संसार असार है, यह कहना सुविधापूर्ण मालूम होता है, बजाय इसके कि मेरी दृष्टि अंधी है, मेरी दृष्टि गलत है। संसार को असार कहने से मुझे स्वयं को नहीं बदलना पड़ता; लेकिन मेरे देखने का ढंग गलत है, तो मुझे स्वयं को बदलने की जरूरत आ जाती है।

एक छोटी सी कहानी से मैं समझाने की कोशिश करूं। एक गांव में सुबह सूरज निकलता था, और एक घुड़सवार आकर रुका गांव के बाहर, गांव के द्वार पर। द्वार पर बैठे हुए एक बुढ़े आदमी से उसने पूछा कि मैं एक बात जानना चाहता हूँ; इस गांव के लोग कैसे हैं? मैंने अपना पुराना गांव छोड़ दिया और नये गांव की तलाश में हूं जहां निवास कर सकूं। मैं जानना चाहता हूं, इस गांव के लोग कैसे हैं? यह गांव कैसा है? अगर अच्छा हो तो मैं यहां बस जाऊँ।

उस बूढ़े ने उस घुड़सवार को नीचे से ऊपर तक गौर से देखा, और फिर कहा कि इस प्रश्न का उत्तर मैं तभी दे सकता हूं जब मेरे एक प्रश्न का उत्तर आप पहले दे दें। मैं जानना चाहता हूं कि उस गांव के लोग कैसे थे

जिसे आप ने छोड़ दिया है? यह बात सुनते ही उस आदमी की आंखें क्रोध के अंगारों से भर गई और उसने कहा कि उस दुष्ट गांव का स्मरण भी न दिलाना। उस गांव से बदतर लोग जमीन पर कहीं भी नहीं हो सकते। उन्हीं दुष्टों के कारण मुझे वह गांव छोड़ना पड़ा है। और यह आशा और प्रार्थना लेकर गांव छोड़ा है कि जिस दिन मेरे हाथ में शक्ति होगी, उन्हें बताऊंगा। मेरे साथ जो दुर्व्यवहार किया गया है उसका फल उन्हें निश्चित चखाना है।

उस बूढ़े आदमी ने कहा कि फिर क्षमा करें। मैं आपसे कहता हूं कि मैं सत्तर वर्षों से इस गांव में रह रहा हूं, इस गांव के लोग उस गांव से भी बुरे हैं। आप कोई और गांव खोज लें, इस गांव के लोग अच्छे नहीं हैं।

वह घुड़सवार जा भी नहीं पाया था कि पीछे से एक बैलगाड़ी आकर रुकी और उसमें सवार आदमी ने पूछा कि बाबा, क्या मैं पूछ सकता हूँ, इस गांव के लोग कैसे हैं? मैंने अपना गांव छोड़ दिया है।

उस बूढ़े ने कहा, बड़े आश्चर्य की बात, बड़े संयोग की बात, अभी मैं इसका उत्तर दिया ही हूं। लेकिन फिर मुझे पूछना पड़ेगा, तुम्हारे गांव के लोग कैसे थे जिसे तुमने छोड़ दिया? उस बैलगाड़ी के सवार की आंखें खुशी के आंसुओं से भर गई। और उसने कहा, उनकी स्मृति भी मुझे आनंद से भर देती है। उतने प्यारे लोग शायद पृथ्वी के किसी गांव में खोजने से न मिलें। दुर्भाग्य मेरा कि किसी मुसीबत में मुझे वह गांव छोड़ना पड़ा। और यह ही आशा लेकर गांव छोड़ा हूं कि जब भी सौभाग्य होगा तब वापस उसी गांव में जाकर बस जाऊंगा। कैसे हैं इस गांव के लोग?

उस बूढ़े ने कहा, बैलगाड़ी गांव के भीतर मोड़ लो, मैं तुम्हारा स्वागत करता हूं और विश्वास दिलाता हूं, मैं सत्तर वर्षों से इस गांव में हूं, इस गांव से प्यारे और अच्छे लोग पृथ्वी पर कहीं भी नहीं खोज जा सकते हैं।

मैं भी उस गांव के दरवाजे पर था और मैंने उस बूढ़े आदमी की ये दोनों बातें सुनीं। मैं बड़ी मुश्किल में पड़ गया। अगर मैंने एक बात सुनी होती तो ठीक था। पहले आदमी से उसने कहा था कि इससे बुरे आदमी कहीं भी खोजने कठिन हैं और दूसरे आदमी से उसी ने कहा कि इस गांव से अच्छे आदमी खोजने कठिन है। जब वह बैलगाड़ी गांव के भीतर चली गई, तो मैंने उस बूढ़े आदमी से पूछा कि मैं बहुत मुश्किल में पड़ गया हूं, इस गांव के लोग आखिर कैसे हैं?

उस बूढ़े ने कहा, हर गांव के लोग वैसे ही होते हैं जैसे आप होते हैं।

गांव के लोग आपके ऊपर निर्भर करते हैं कि आप कैसे हैं। गांव स्वर्ग हो जाता है अगर आपके भीतर प्रेम है, गांव नरक हो जाता है अगर आपके भीतर घृणा है।

संसार तो बड़ा गांव है। थोड़ी देर के लिए हम उसमें मेहमान होते हैं और उन लोगों को मैं अधार्मिक कहता हूं जो संसार को असार कहते हैं। धार्मिक आदमी मैं उसको कहता हूं जो असार को खोजता हो तो अपनी दृष्टि में, अपने मन में। अगर संसार बुरा दिखाई पड़ता हो, असार दिखाई पड़ता हो, शत्रु दिखाई पड़ता हो, तो जान लेना ठीक से कि वह उसी बात का प्रक्षेपण है जो आपके भीतर छिपी है, वह उसी का प्रोजेक्शन है। हम दूसरे में उसी को खोज लेते हैं जो हम हैं। आप होंगे असार, तो संसार असार हो जाता है। जिस दिन आप सार को उपलब्ध होंगे, उस दिन इस जगत में कुछ भी असार नहीं रह जाता।

मूलतः व्यक्ति हैं महत्वपूर्ण, मूलतः हम भीतर जो हैं वह है महत्वपूर्ण। और सारा जगत भीतर जो है उसी रूप में दिखाई पड़ता है। असार चित्त को, गलत देखने की दृष्टि को सारा जगत कांटों से भरा हुआ मालूम पड़ता है। ठीक दृष्टि को, सम्यक दृष्टि को सारा जगत फूल से भरा दिखाई पड़ता है। न जगत फूल है, न जगत कांटा है; आप क्या हैं, जगत वही हो जाता है।

इसलिए मैं न तो जीवन को असार कहने के पक्ष में हूं, न संसार को। सारी जिम्मेवारी मेरे ऊपर है; मैं कैसे देखता हूं, इस सब पर निर्भर है। और इस बात पर इसलिए जोर देना चाहता हूं कि संसार को आप नहीं बदल सकते हैं, लेकिन अपने को बदल सकते हैं। संसार में आप भाग भी नहीं सकते हैं। जो संसार से भागने के खयाल में होते हैं वे गलती में होंगे। जितना गृहस्थ संसार में रहता है उतना ही संन्यासी भी संसार में रहता है। कोई संसार के बाहर जा नहीं सकता जीते जी संसार के बाहर जाने के उपाय नहीं। गृहस्थ एक ढंग से रहता है संसार में, संन्यासी दूसरे ढंग से रहता है संसार में। लेकिन संसार के बाहर कोई नहीं जा सकता है। रहने का ढंग बदल सकता है, देखने की दृष्टि बदल सकती है, लेकिन संसार से भाग कर जाइएगा कहां? जहां भी आप पहुंचेगे वहीं जो है वह संसार है।

घर में भी संसार उतना ही है जितना आश्रम में है। और सफेद वस्त्रों में भी संसार उतना ही है जितना गैरिक वस्त्रों में है। गेरुआ वस्त्र पहन लेने से संसार कुछ कम नहीं हो जाता। संसार तो वह परिस्थिति है जिसके भीतर

हम जीते हैं। श्वास-श्वास संसार है; उठना-बैठना संसार है; आंख खोलना, बंद करना संसार है। जीवन संसार है। भागकर जाइएगा कहां? भागने का कोई उपाय नहीं है। लेकिन जो लोग इस भ्रग में पड़ जाते हैं कि संसार से भागना है, वे अपने को बदलने का खयाल ही भूल जाते है; और संसार से भागते रहते हैं, और पाते हैं कि वे वहीं के वहीं हैं, कोई अंतर नहीं पड़ा।

एक संन्यासी हिमालय पर तीस वर्ष तक रहा। बहुत क्रोधी व्यक्ति था। बहुत अहंकारी व्यक्ति था। अहंकार और क्रोध से पीड़ित होकर ही वह हिमालय चला गया। सोचा उसने : छोड़ दें संसार को, तो क्रोध भी छूट जाएगा, अहंकार भी छूट जाएगा। संसार बुरा है। हिमालय पर चला गया। वहां कोई समाज न था। वहां कोई मनुष्य न थे। धीरे-धीरे उसे लगा कि अब क्रोध नष्ट हो गया, अहंकार नष्ट हो गया। असल में, मनुष्य न हों तो हमारे भीतर जो है उसके प्रकट होने के द्वार बंद हो जाते हैं। वह जो भीतर है, नष्ट नहीं होगा। एक कुएं में पानी भरा होता है, पानी को बाहर निकालने के लिए बाल्टी और रस्सी चाहिए। अगर बाल्टी और रस्सी न हो तो इसका यह मतलब नहीं कि कुएं का पानी खत्म हो गया। एक-एक आदमी के भीतर क्या भरा हुआ है, उसे निकालने के लिए दूसरे मनुष्यों की मौजूदगी चाहिए। अगर आपके भीतर क्रोध है तो दूसरे आदमी की मौजूदगी आपके क्रोध को बाहर निकाल लेती है। दूसरे आदमी की मौजूदगी रस्सी और बाल्टी का काम करती है। लेकिन अगर दूसरा आदमी मौजूद नहीं है तो आपके कुएं में जो भी भरा है- क्रोध, अहंकार या जो भी, वह निकलता नहीं, वह भीतर ही पड़ा रह जाता है। उससे यह भ्रम पैदा होता है कि मेरा क्रोध समाप्त हो गया।

तीस वर्ष हिमालय के एकांत में उस आदमी को पक्का विश्वास आ गया कि अब न क्रोध है, न अहंकार है। धीरे-धीरे उसकी कीर्ति नीचे पहाड़ों पर उतरने लगी। एक बहुत बड़ा कुंभ का मेला था। और कुछ लोग उसके पास गए और उन्होंने निवेदन किया कि आप नीचे चलें और लोगों को दर्शन दें। उसने भी सोचा कि अब तो क्रोध को जीत लिया, अहंकार को जीत लिया, अब चलूं, अब कोई हर्ज नहीं है। वह उन लोगों के साथ पहाड़ से नीचे उतरा। मेले में तो लाखों लोग थे। जब वह मेले की भीड़ में अंदर चलने लगा, भीड़-भड़क्का था, भारी भीड़ थी, पागल की तरह लोग भागे चले जा रहे थे। और उसे कोई पहचानता नहीं था। एक आदमी का

जूता उसके पैर पर पड़ गया। और एक सेकेंड में बीच के तीस साल मिट गए और वह वही आदमी हो गया जो तीस साल पहले था। उसने कहा अंधे, दिखाई नहीं पड़ता? क्रोध वापस खड़ा हो गया वहीं के वहीं। वह तो हैरान रह गया! उसे तो खयाल था क्रोध मिट गया है।

वह वहीं से वापस लौट पड़ा। और उसे ले गए थे, उनसे उसने कहा कि अब मैं हिमालय नहीं जा रहा हूं, अब मैं वापस संसार जा रहा हूं। क्योंकि हिमालय की शांति भी तीस वर्षों में जिस सत्य का मुझे दर्शन नहीं करा पाई, वह एक आदमी के जरा से संपर्क से मुझे दिखाई पड़ गया। मैं तो सोचता था, क्रोध समाप्त हो गया। लेकिन शायद क्रोध के प्रकट होने की परिस्थितियां भर मौजूद नहीं थी, क्रोध समाप्त नहीं हुआ था। अब मैं वापस जाता हूँ लोगों के बीच में। और अगर लोगों के बीच रह कर ही मेरा क्रोध मिटे तो मैं समझूंगा कि वह मिटा। अन्यथा एकांत धोखा दे देता है, एकांत बहुत डिसेप्टिव है।

अकेले में तो हर आदमी महात्मा हो जाता है, सवाल तो भीड़ के बीच में होने का है। अकेले में महात्मा होने में कौन सी कठिनाई है। अकेले में महात्मा होने के सिवाय कोई विकल्प नहीं है, कोई उपाय नहीं है, कोई आल्टरनेटिव नहीं है, महात्मा होना ही पड़ता है। दूसरे की मौजूदगी, वह जो कि अंदर है, वह जो दूसरा है, वही मुझे कसौटी पर कसता है कि मैं कहां हूं। उसकी मौजूदगी मुझे खोलती है और प्रकट करती है।

–ओशो

समुंद समाना बुंद में, प्रवचन–6

जीवन में नया करें

टूटते-बिखरते अंधेरों से सुनहरे भविष्य की ओर ओशो के सुझाव : सहज किंतु क्रांतिकारी

धर्म और जीवन दो विपरीत आयाम न हों, बल्कि एक ही संयुक्त धारा हो। धर्म नाच सके, हंस सके, गीत गा सके। धर्म सृजनात्मक हो। धर्म उनकी पूजा में, जिनकी कुल कला अपने को सताने पर समाप्त हो जाती है, बंधा हुआ न रह जाए। जिनको तुम संत कहते हो, उनके मनोवैज्ञानिक इलाज की जरूरत थी, तुमने उनकी पूजा की है। भविष्य तुम पर हैरान होगा। तुमने विक्षिप्त लोगों की बजाय चिकित्सा के, उनकी शिक्षाओं को ग्रहण करने की कोशिश की। एक स्वस्थ धर्म, एक स्वस्थ जीवन विरोधी नहीं हो सकते। वे दोनों एक गाड़ी के दो पहियों की भांति होंगे। उनमें से एक भी पहिया खो गया तो गाड़ी की गति रुक जायेगी। और अब तक यही हुआ। संतों के हाथ में एक पहिया था, और उनके पूजकों के हाथ में एक पहिया था; तो गाड़ी चली ही नहीं, अटक कर खड़ी हो गई।

मेरी चेष्टा यही है कि दोनो पहिए फिर जुड़ जाएं और जीवन की गाड़ी फिर गीत गा सके, नाच सके, आह्लादित हो सके। यह अस्तित्व-थोड़ा अपने चारों तरफ तो देखो-इतने फूलों से भरा है। यह सागर-इसकी लहरों को तो देखो। यह आकाश-इसके तारों को तो देखो। इनमें तुम्हारा एक भी साधु न मिलेगा और एक भी संत न मिलेगा।

मैं तुम्हें इस विराट अस्तित्व के एक अंग की तरह जुड़ा हुआ देखना चाहता हूं, मैं तुम्हारे भीतर भी तारे उगे हुए देखना चाहता हूं, फूल खिले हुए देखना चाहता हूं। लहरें उठती हुई देखना चाहता हूं। निंदा का स्वर समाप्त हो और निंदा का युग समाप्त हो। दमन की परंपरा समाप्त हो और जीवन का उल्लास हमारा भविष्य बने।

–ओशो

परिवार में कलह क्यों?

नारी और शांति के संबंध में कुछ सूत्र समझना उपयोगी है।

एक तो सबसे पहले यह समझना जरूरी है कि नारी का अब तक कोई व्यक्तित्व नहीं रहा है और पुरुष ने उसके व्यक्तित्व को मिटाने की भरसक चेष्टा की है। नारी या तो किसी की बेटी होती है, या किसी की बहन होती है या किसी की पत्नी होती है। नारी का अपना होना नहीं है। विवाह हो तो उसका नाम भी पुरुष बदल डालते हैं, नया नाम रख लेते हैं। विवाह हो जाने के बाद उसका कोई तादात्मय, उसकी सीधी कोई आइडेंटिटी अपने साथ नहीं होती है। वह किसी की श्रीमती हो जाती है उसके परिचय में भी हम कहते हैं, श्रीमती खन्ना या श्रीमती गूजर, या कुछ। सीधा उसका कोई व्यक्तित्व समाज के समक्ष नहीं होता। बीच में पुरुष को लेकर ही उसका कोई अर्थ बनता है।

पुराने शास्त्र कहते हैं कि जब वह क्वांरी हो तो पिता उसकी रक्षा करे, जब विवाह हो तो पति उसकी रक्षा करें, अगर वह वृद्ध हो जाये तो उसके बेटे उसकी रक्षा करें, लेकिन किसी भी स्थिति में उसका अपना कोई अस्तित्व स्वीकार नहीं किया गया है। नारी को समझने के लिए पहली बात समझना यह जरूरी है कि उसके पास व्यक्तित्व नहीं है और जिसके पास व्यक्तित्व न हो, वह शांति का आधार कभी भी नहीं बन सकती। जिसके पास व्यक्तित्व नहीं है, वह स्वयं इतना अशांत होगा कि वह शांति का आधार नहीं बनता। जीवन की बड़ी से बड़ी शांति की उपलब्धि अपने व्यक्तित्व को पाने से शुरू होगी। और जिस दिन जो हम बनने की पैदा हुए हैं, वही बन जाते हैं, उसी दिन मन प्रफुल्लता से भर जाता है।

एक गुलाब का पौधा है। उसकी खुशी कब पूरी होती है। उसका आनंद कब प्रकट होता है? जब उसके फूल पूरी तरह खिल जाते हैं, जब आकाश

की हवाओं को वह अपनी सुगंध को लुटा देता है और जब सूरज की किरणों में उसके खिले हुए फूल नाच लेते हैं। और जब राह से गुजरने वाले अपरिचित राहगीर उसकी सुगंध को संगीत से भर जाते हैं तब वह पौधा तृप्त हो जाता है। लेकिन जब तक किसी पौधे में फूल न आयें, तब तक उस पौधे में एक बेचैनी, एक अशांति बनी रहती है। नारी फूल को उपलब्ध ही नहीं हो पाती है क्योंकि उनका अस्तित्व ही अस्वीकृत है। उसके व्यक्तित्व को ही जगह नहीं है। अपनी हैसियत जब तक नारी को उपलब्ध नहीं हो तब तक नारी शांत नहीं हो सकती।

और नारी की अशांति इतनी महंगी है जिसका हिसाब नहीं। यद्यपि पुरुष ने ही नारी का व्यक्तित्व छीना है और पुरूष ही नारी के अशांत होने से हजार गुना अशांत हो गया है। लेकिन उसे पता नहीं चलता कि उसने व्यक्तित्व छीना है इसलिए इतनी अशांति है। बल्कि शायद तक यही कहता है, सभी मूढ़ तर्क इसी भांति चलते हैं कि वह सोचता है कि नारी का व्यक्तित्व थोड़ा बहुत जो बचा है, वह भी छीन लेना जरूरी है ताकि शांति पूरी हो जाये। शांति होगी व्यक्तित्व के प्रकट होने से, व्यक्तित्व के छीन लेने से नहीं, क्योंकि नारी कभी तृप्ति अनुभव कर ही नहीं पाती।

चूंकि व्यक्तित्व छीना गया है इसलिए कभी वह ऑथेंटिक, प्रामाणिक रूप से अपने पैरों पर खड़ी ही नहीं हो पाती और हमने सारी व्यवस्था ऐसी की है कि वह खड़ी न हो पाये। हजारों वर्षों तक नारी को शिक्षा नहीं दी, सिर्फ इसलिए कि शिक्षित होने से वह अपने पैरों पर खड़े होने का प्रयास शुरू करेगी। पैर के नीचे से जमीन खींचनी हो तो शिक्षा मत दो। अगर शिक्षा न दी जाये तो पंगु हो जाता है व्यक्ति, और उस समाज में, जहां शिक्षित की गति होगी, नारी कोई गति न कर पायेगी। इसलिए नारी को वर्जित रखा, हजारों वर्षों तक शिक्षा नहीं दी।

लेकिन अशिक्षित नारी का मतलब?- अशिक्षित मां, अशिक्षित पत्नी, अशिक्षित बेटी, अशिक्षित बहन, अशिक्षित प्रेमिका। नारी को अशिक्षित रखने का अर्थ क्या होगा? कि जीवन के सब तलों पर अशिक्षित नारी खड़ी हो जायेगी। और शिक्षित पुरुष और अशिक्षित नारी के बीच इतना बड़ा फासला हो जायेगा कि उसके बीच ताल-मेल बिठलाना मुश्किल है। इसलिए धीरे-धीरे नारी की स्थिति एक दासी की हो गयी और पुरुष मालिक बन गया। पति का मतलब ही मालिक होता है। स्वामी का मतलब भी मालिक

होता है। और हजारों साल से स्त्री पति को स्वामी कह रही है और अपने पत्रों में आपकी दासी लिखकर दस्तखत कर रही है।

पुरुष बहुत प्रसन्न हो रहा है। पुरुष की प्रसन्नता समझी जा सकती है, लेकिन नारी की नासमझी समझनी बहुत मुश्किल है। और दासी और मालिक के बीच कभी भी अच्छे संबंध नहीं हो सकते। दो मित्रों के बीच अच्छे संबंध हो सकते हैं, शांतिपूर्ण, आनंदपूर्ण, प्रेम से भरे। लेकिन एक गुलाम के बीच हमेशा तनाव होगा, अशांति होगी, बेचैनी होगी, संघर्ष होगा। और इसलिए हजारों-हजारों साल से स्त्री और पुरुष के बीच भीतरी संघर्ष है, जो दिन-रात चल रहा है। नारी की बगावत दिखाई नहीं पड़ती, क्योंकि वह रोज चल रही है, प्रतिपल चल रही है। एक-एक दांपत्य दुखद है, कलह से भरा हुआ है। पति-पत्नी के बीच संबंध अत्यंत तने हुए हैं, खिंचे हुए हैं। लेकिन धीरे-धीरे ऐसा समझ लिया गया है कि यही स्वाभाविक है। हजारों-हजारों साल तक कोई बात चलने लगे तो स्वाभाविक मालूम पड़ने लगती है। इसको इतना स्वाभाविक समझ लिया है कि जो लोग शांति की खोज में जाते हैं वे पत्नी से मुक्त किए बिना नहीं जाते। खयाल यह बन गया है कि पत्नी के साथ तो शांति संभव ही नहीं है। तो अगर पत्नी से भाग सके कोई, संन्यासी हो सके तभी शांत हो सकता है। नहीं, यह सवाल पत्नी के साथ का नहीं है, स्त्री और पुरुष के बीच अब तक हमने जो व्यवस्था की है, वह गलत है। वह अशांति का आधार है। अगर स्त्री और पुरुष के बीच कभी भी शांतिपूर्ण, प्रेमपूर्ण, आनंदपूर्ण, मैत्रीपूर्ण व्यवस्था लानी हो तो पहली तो बात, जरूरत है कि स्त्री ठीक पुरुष के समकक्ष खड़ी हो।

पुरुष के समान खड़े होने का यह मतलब नहीं है कि स्त्रियां पुरुषों जैसी हो जायें। पुरुषों के समान होने का अर्थ है कि पुरुषों ने पुरुष होने में जितना विकास किया है, स्त्रियां, स्त्रियां होने में उतना विकास करें।

मेरी अपनी दृष्टि ऐसी है कि स्त्री और पुरुष के व्यक्तित्व में एक बुनियादी भेद है। और है, यह शुभ है। परमात्मा की बड़ी कृपा है। वही आकर्षण है स्त्री और पुरुष के लिए। वह जो भेद है, वह भेद बहुत गहरा है। अगर वह भेद टूटता है तो या तो पुरुष स्त्रैण हो जाये और या स्त्री जो है वह पुरुष हो जाये-दोनों हालत में नुकसान होगा। स्त्री की शिक्षा तो होनी ही चाहिए पुरुष के बराबर, लेकिन उसके अपने आयाम में, उसकी अपनी

दिशा में। उस दिशा में अगर शिक्षा होगी तो ही सार्थक है। आज हम शिक्षा भी दे रहे हैं तो वह सारी शिक्षा पुरुष के लिए ईजाद की गयी है। और उसी पुरुष के लिए ईजाद की गई शिक्षा के ढांचे में स्त्री को भी ढाला जा रहा है। उसके परिणाम घातक हो रहे हैं। यूनिवर्सिटी से पढ़-लिखकर जो लड़की निकलती है, उसमें स्त्रैण तत्व थोड़ा अनिवार्यरूपेण कम होगा। कम हो ही जायेगा। कम हो जाना अनिवार्य है। क्योंकि शिक्षा पुरुष के लिये ईजाद की गयी थी।

–ओशो

शिक्षा में क्रांति

अधिक जानकारी के लिए पढ़ें ''तनाव मुक्त कैसे जीएं?''

अतीत के बारे में चिन्ता क्यों करते हो? उसको भूल जाओ। अब तुम इस तरह से जीना शुरू करो जैसे तुम्हें जीना आता ही न हो। तुम्हें सिखाने वाला कोई नहीं है और न ही कोई मार्गदर्शन ही तुम्हारे पास है। कोई ऐसी पुस्तक नहीं है जिसमें लिखा हो ऐसा-कैसे किया जाए, वैसा किस तरह करें। तुम जैसे एक द्वीप में अकेले हो। वहां सब कुछ उपलब्ध है। तुम्हारे अंदर बुद्धि है, समझ है, तुम्हारे अंदर सोचने-समझने की शाक्ति है। अब तुम अपना जीवन शुरू करो।

-ओशो

स्त्रियों की शिक्षा का अलग ढंग हो

थोड़ा उल्टा सोचें तो समझ में आ जायेगी बात। कोई नगर ऐसा हो, जहां की सारी शिक्षा स्त्रियों के लिए ईजाद की गयी हो। संगीत की शिक्षा वहां दी जाती हो, नृत्य की शिक्षा दी जाती हो, काव्य की शिक्षा दी जाती हो, भोजन बनाने की, कपड़े सीने की, मकान सजाने की, बच्चों को पालने और बड़ा करने की-यह सारी शिक्षा दी जाती हो। किसी नगर में स्त्रियों के लिये शिक्षा दी जाती हो और उस नगर में पुरुष बहुत दिन तक अशिक्षित रखे गये हों। फिर पुरुषों में बगावत फैले और वे कहें कि हमें शिक्षा की जरूरत है, हम भी शिक्षा लेंगे। और स्त्रियां कहें, ठीक है, हमारे कॉलेज में आकर तुम शिक्षा ले डालो। तो वे पुरुष भी नाचें, गायें, गीत लिखें, कविता करें, घर सजायें, बच्चों को पालने की शिक्षा लें, तो क्या परिणाम होगा उस गांव में? उस गांव के पुरुष किसी गहरे अर्थ में स्त्रैण हो जायेगें। उस गांव के पुरुषों में, जो पुरुष होना है वह कम हो जायेगा। वह जो पुरुष की तीव्रता है, वह जो पुरुष की प्रखरता है, वह क्षीण हो जायेगी। वह जो पुरूष कोने हैं व्यक्तित्व में, वह गोल हो जायेंगे, वह राउंड हो जायेंगे, उनको झाड़ दिया जायेगा।

जैसा दुर्भाग्य उस गांव में पुरुषों के साथ होगा, वैसा दुर्भाग्य पूरी पृथ्वी पर आज स्त्रियों के साथ हो रहा है। उनके व्यक्तित्व का बुनियादी भेद छोड़ा जा रहा है। उस बुनियादी भेद को समझ लेना बहुत उचित है क्योंकि वह बुनियादी भेद अगर ठीक से समझकर दोनों को अपनी दिशाओं में सम-शिक्षित किया जाये, सम-विकास किया जाये और समकक्ष लाया जाये तो ही दाम्पत्य शांतिपूर्ण हो सकता है। और यह पृथ्वी पूरी शांत हो जाये, अगर दम्पत्ति शांत हो जायें। क्योंकि हमारा सारा वैमनस्य, सारा दुःख, सारी पीड़ा हमारे छोटे-छोटे घरों के उपद्रवों से पैदा होती है।

एक-एक घर से उठी हुई अशांति धीरे-धीरे विश्व-अशांति बन जाती है। और सारी दुनिया में चेष्टा चलती है, शांति, शांति, शांति।-वह शांति नहीं आती, क्योंकि मूल इकाई अशांत है। पुरूष और स्त्री का मिलन मूल इकाई है समाज की। फिर बाकी समाज उसका फैलाव है। अकेला पुरुष समाज नहीं है अकेली स्त्री समाज नहीं है।

अकेला पुरुष आधा है, अकेली स्त्री आधी है। जब वे दोनों एक मूल इकाई में मिलते हैं तब समाज शुरू होता है। कम से कम समाज के लिये दो तो चाहिये। और फिर वही इकाई अगर ज्वरग्रस्त हो, बीमार हो, परेशान हो, कष्ट में हो-लेकिन हम उसके कष्ट को प्रगट भी नहीं होने देते।

मैं हजारों घरों में ठहरता हूं। लाखों लोगों से व्यक्तिगत मिलने, उनकी व्यक्तिगत तकलीफ में उतरने का मुझे मौका मिला है, मैं इतना हैरान हो गया हूं, वे चेहरे जो बाहर हंसते हुए मालूम पड़ते हैं, वे भीतर हंसते हुए नहीं है।

स्त्रियों का काम उबाऊ है

जब मैं एक यूनिवर्सिटी में था, तो मैं बड़ा हैरान था। कोई सौ प्रोफेसर मेरे साथ थे। यूनिवर्सिटी की क्लास तो बारह बजे शुरू होती, लेकिन प्रोफेसर ठीक स्टाफ रूम में साढ़े दस बजे ही हाजिर हो जाते। यूनिवर्सिटी की क्लास किसी की एक बजे शुरू होती, किसी की दो बजे शुरू होती किसी की तीन बजे खत्म हो जाती, किसी की दो बजे खत्म हो जाती। लेकिन मैं देखता कि वे साढ़े चार बजे तक, जब तक कि चपरासी बंद न करता, तब तक वहां बैठकर वे गपशप करते रहते। मैंने उनसे कई बार पूछा कि जब यहां काम खत्म हो गया है, तो आप चले क्यों नहीं जाते? उन्होंने कहा, घर की झंझट से यही बेहतर। जितना समय शांति से बीत जाये वही अच्छा है। और पत्नी घर अकेली पड़ गयी है। वह बच्चों को पाल रही है, बर्तन धो रही है, खाना बना रही है, कपड़े सी रही है। इस काम में कितनी देर तक वह रस लें? यह काम उबा देता है। यह काम घबरा देता है। घर की दीवारों में बंद वह परेशान हो जाती है। वह वहां तैयार रहती है कि पति वापस लौटे, तो गुस्सा उस पर निकले। उसका सारा गुस्सा वहां तैयार होता है, भरता है, गहरा होता है। वह पति के आते ही टूट पड़ती है और पति उसी से भागा हुआ था, किसी तरह डरा हुआ, कदम संभालकर घर की

सीढियां चढ़ा है और यह बात फिर टूट पड़ी। घर का बुनियादी यूनिट, पहली इकाई ही विकृत और कुरूप हो गयी है। इसलिए मेरी दृष्टि में किन्हीं यज्ञों से शांति नहीं हो सकती, लेकिन एक सौमनस्यपूर्ण एक मैत्रीपूर्ण घटना घट जाये, लेकिन वह कैसे घटेगी? उस घटने की पहली शर्त मैं मानता हूं कि स्त्री को व्यक्तित्व मिल जाये। उसकी मित्रता छायाओं से नहीं हो सकती, मित्रता व्यक्तियों से होती है ठोस, जीवंत। और पुरुषों ने स्त्रियों को पोंछकर बिलकुल शैडो, छाया बना दिया है। उसके पास व्यक्तित्व ही नहीं रहा पुरुषों ने कहा, उठो तो उठो, बैठो तो बैठो। पुरुषों ने कहा, पूरब तो पूरब, पश्चिम तो पश्चिम। उन्होंने उसका सारा व्यक्तित्व पोंछ डाला है। स्त्री को तय करना पड़ेगा, नारी को तय करना पड़ेगा कि वह नारी होने के ठीक अर्थ से समझे और नारी होने के ठीक अर्थ को उपलब्ध हो जाये।

नारी होने का ठीक अर्थ पुरुष से बहुत भिन्न है और दोनों के व्यक्तित्व के भेद को थोड़ा समझना बहुत उपयोगी है। पुरुष एक्टिव है, पुरुष का सारा व्यक्तित्व क्रियात्मक है, विधायक है। स्त्री का सारा व्यक्तित्व पैसिव है, निषेधात्मक है। इस फर्क को समझ लेना जरूरी है, तो हम उनकी दोनों की शिक्षाएं, उन दोनों के जीवन का ढंग अलग तरह से सोचेंगे।

स्त्री को एक और तरह की शिक्षा चाहिए जो उसे संगीतपूर्ण व्यक्तित्व दे, जो उसे नृत्यपूर्ण व्यक्तित्व दे, जो उसे प्रतीक्षा की अनंत क्षमता दे, जो उसे मौन की, चुप होने की, अनाक्रामक होने की, प्रेम की और करुणा की गहरी शिक्षा दे। सामान्यता सभी स्त्रियां सोचती हैं कि उन्हें प्रेम उपलब्ध है, लेकिन, प्रेम भी कला है जो उपलब्ध नहीं है। कोई पैदा होते ही प्रेम करने में सक्षम नहीं है।

आदमी को ऐसा खयाल है कि प्रेम हम जानते ही हैं। वह एकदम सरासर झूठी बात है। और इसलिए उस प्रेम के किनारे ही हमारी नाव टकराकर नष्ट हो जाती है। न तो पुरुष प्रेम जानते हैं, न स्त्रियां प्रेम जानती हैं। प्रेम को भी बहुत बड़ी व्यवस्था और सुविधा होनी चाहिए, जहां प्रेम सीखा जा सके। जैसे, उदाहरण के लिए, जो आदमी प्रेम सीखेगा, उस आदमी से ईर्ष्या विदा हो जानी चाहिए, जहां प्रेम सीखा जा सके। क्योंकि ईर्ष्या और प्रेम का एक साथ अस्तित्व नहीं हो सकता। लेकिन सभी स्त्रियां प्रेम करती हैं, सभी पुरुष प्रेम करते हैं, लेकिन साथ में ईर्ष्या का जहर पूरी तरह खड़ा है। यह ऐसा ही है जैसे हमने फल तो बहुत अच्छा

बोया, लेकिन रोज उसमें जहर भी पानी सींचते गये। तो वह मीठा फल जो था, वह जहरीला होकर खतरनाक हो जाता है। ईर्ष्या जहां है, वहां प्रेम संभव नहीं है।

ईर्ष्या और प्रेम का संबंध ही नहीं है। लेकिन जैसा मैंने कहा कि स्त्री और पुरुष के मनस में क्या फर्क है- पुरुषों का मन एक्टिव है, सक्रिय है, इसलिए पुरूषों का मूल दुर्गुण अहंकार है। और स्त्रियों का मन पैसिव है, निष्क्रिय है, इसलिए स्त्रियों का मूल दुर्गुण ईर्ष्या है।

ईर्ष्या निक्रिय हुआ अहंकार है और अहंकार सक्रिय हो गयी ईर्ष्या है।

पुरुष अहंकार से भर जाते हैं और स्त्रियां ईर्ष्या से। उनका सारा चौबीस घंटे जीवन, जन्म से लेकर मरने तक ईर्ष्या के केंद्र की परिधि पर घूमता है, इसलिए जब एक स्त्री दूसरी स्त्री से मिलती है तो जो बात उसे सबसे पहले दिखाई पड़ती है, गहने क्या हैं, घड़ी कैसी है, चप्पल कैसी है–सबसे पहले एकदम दिखाई पड़ जाता है। व्यक्ति नहीं दिखायी पड़ता, यह सब दिखाई पड़ जाता है। ये उसकी ईर्ष्या के बिंदु हैं। आश्चर्यजनक हैं, लेकिन सत्य हैं, दो स्त्रियों को साथ रखना बहुत कठिन मामला है। उनको घंटे भर भी साथ रखना बहुत कठिन मामला है। हां, एक ही रास्ता हो सकता है कि वे तीसरी स्त्री की ईर्ष्या में निंदा कर रही हों, तो घंटे भर बैठ सकती हैं।

ईर्ष्या जिनका जीवन आधार बन गया हो उनसे प्रेम की संभावना कम हो जायेगी। सारा व्यक्तित्व जैसे ईर्ष्या से चल रहा है। इसलिए स्त्रियों के फैशन का कोई भरोसा नहीं कि तीन महीने चलेगी, छह महीने चलेगी, कितनी देर चलेगी। उसका कुल कारण इतना है कि एक स्त्री भी सारी स्त्रियों को ईर्ष्या से भर सकती है और फैशन फौरन बदल जायेगा। ईर्ष्या उसके बहुत गहरे में कारण है। चारों तरफ ईर्ष्या पकड़े हुए है। स्त्री के मन से ईर्ष्या नष्ट न हो तो स्त्री कभी भी ठीक अर्थों में प्रेमपूर्ण नहीं होती। ईर्ष्या का जहर उसके सारे जीवन को खा जाता है। ईर्ष्या भय दे देती है, ईर्ष्या डरा देती है। तो स्त्री समझ के बाहर ही हो जाता है, अगर उसका पति किसी दूसरी स्त्री को गौर से भी देख ले तो जहर की लहर फैल जाती है। ईर्ष्या

ने भय भी पैदा कर दिया है। पुरुष स्त्री से डरा हुआ है, घबराया हुआ है, एक मुक्त और सहज संबंध नहीं रह गया। सब स्ट्रेंज हो गया है, सब तन गया है। तो घर शांत कैसे हो सकता है। शांति के फूल तो बहुत सहजता से खिलते हैं। जहां ईर्ष्या नहीं है, जहां समझ है। जहां ईर्ष्या नहीं है, जहां प्रेम है। जहां ईर्ष्या नहीं है, जहां भय नहीं है, जहां अभय है और जहां एक दूसरे को समझने की चेष्टा है। एक दूसरे की कमजोरी को भी, एक दूसरे के दुःख और पीड़ा को भी, एक दूसरे से सहानुभूति रखने की भी क्षमता है। और अगर एक सुन्दर स्त्री दिखाई पड़े तो किसी पुरुष को अच्छी लग सकती है, वह उसे देख सकता है। इसमें न कुछ पाप है, लेकिन इसको भी पाप बना दिया है, अपराध बना दिया है।

वह हमारी ईर्ष्या ने जो जाल बुना है सिद्धांतों का, उसने बहुत उपद्रव खड़ा कर दिया है। उसकी वजह से कोई भी सहज नहीं हो पा रहा है। और जब हम सहज नहीं हो पाते तो उसका परिणाम होता है, एक दूसरे पर क्रोध से भर जाते हैं। पति और पत्नियां एक दूसरे पर क्रोध से भरे हुए हैं, बजाय एक दूसरे के प्रति कृतज्ञता के। बजाय इसके कि पत्नी ने समझा हो कि पति ने उसके जीवन को धन्य किया, पत्नियां समझ रही हैं कि पति ने जीवन को नष्ट किया। बजाय इसके कि पति समझे कि पत्नी ने उसके जीवन को सौरभ दिया, सुगंध दी, पति समझ रहा है, कहां से इस स्त्री के उपद्रव में पड़ गये, यह सब नष्ट हो गया।

इसलिए कहना चाहता हूं कि स्त्री को थोड़ा सोच-विचार, खोज-बीन जरूरी है, बड़े सामूहिक तल से कि ईर्ष्या कैसे नष्ट की जाये। ईर्ष्या के रहते स्त्री का व्यक्तित्व कभी प्रेमपूर्ण नहीं हो सकता। और प्रेम ही स्त्री का प्राण है, उसकी आत्मा है।

–ओशो

शिक्षा में क्रांति

बच्चों का पालन पोषण

ओशो द्वारा दिए गये ये समाधान बच्चों और अभिभावक दोनों के लिए ही वे परिणाम ला सकते हैं जो सदियों से मनुष्य का स्वप्न रहा है–

2. बच्चे प्रेम से पैदा हों

विवाह प्रेम के बिना हो रहे हैं। प्रेम के बिना हुए विवाह में एक आध्यात्मिक संबंध नहीं होता। एक ऐसा संबंध जो सिर्फ प्रेम के द्वारा ही संभव है। इस भांति हुए संबंध में लयबद्धता, एक आत्मिक संबंध, एक संगीत जो किसी उच्च कोटि की आत्मा के आह्वान के लिए आवश्यक है– का अभाव होता है। उनके बीच प्रेम मात्र साथ हो जाने का परिणाम है। उस प्रेम में दो आत्माओं का मिलन नहीं है। ऐसा कोई भी कारण नहीं है। प्रेम के बिना हुए विवाह से पैदा हुए बच्चे कभी भी प्रभु के समान नहीं हो सकते। वे प्रेतों और बुरी आत्माओं के समान ही होंगे। उनका जीवन क्रोध, घृणा और हिंसा से भरा होगा।

2. महत्वाकांक्षा विध्वंसक है

मां–बाप की कुछ महत्वाकांक्षाएं होती हैं जो वे बच्चों के माध्यम से पूरी करना चाहते हैं। वे बच्चों का उपयोग करना चाहते हैं। जिस क्षण तुम किसी का उपयोग करना चाहते हो, तुम निर्दयी हो जाते हो। किसी का साधन की भांति उपयोग करने पर विचार में निर्दयता आ गई, हिंसा आ गई। किसी को भी साधन की भांति उपयोग मत करो। क्योंकि प्रत्येक व्यक्ति अपने आप में साध्य है... यह मां–बाप की मजबूरी है क्योंकि उनके अपने विचार हैं, आकांक्षाएं हैं, चाह है जो अधूरी छूट गई है। वे अब उन्हें पूरा करना चाहते हैं।

वे बच्चों के माध्यम से जीते रहना चाहते हैं। स्वभावत: वे कांट-छांट करते हैं, मोड़ते हैं, बदलते हैं। वे बच्चों को एक ढांचा दे देते हैं और बच्चे नष्ट हो जाते हैं। यह तो होना ही है—जब तक कि एक नया मनुष्य पृथ्वी पर जन्म न ले जो मात्र प्रेम के लिए ही प्रेम करे—और जब तक कि एक नए अभिभावक का जन्म न हो जाए। तुम बच्चे को बस आनंद के लिए प्रेम करो, तुम बच्चे को प्रभु का उपहार जानकर प्रेम करो, तुम बच्चे को प्रेम करो क्योंकि परमात्मा ऐसा ही है...

...यह तुम्हारे लिए आशीष है। तुम बच्चे को प्रेम करो क्योंकि बच्चा जीवन है, अज्ञात से आया एक अतिथि जो तुम्हारे घर में रुका है, तुम्हारे प्राणों में है, जिसने तुम्हें अपने घर की भांति चुना है। तुम अनुगृहीत हो और तब तुम बच्चे को प्रेम करते हो।

यदि तुम वास्तव में ही बच्चे को प्रेम करते हो, तुम उस पर अपने विचार आरोपित नहीं करोगे... तुम बाधा नहीं डालोगे यदि तुम प्रेम करते हो? तुम कहते हो, ठीक है। मेरा आशीष तुम्हारे साथ है। जाओ। अपना सत्य स्वयं खोजो।...

बच्चे तुमसे आते हैं लेकिन उनका संबंध परमात्मा से है। वे समग्र अस्तित्व के हैं। उन पर एकाधिकार मत करो। मत सोचो कि वे तुम्हारे हैं।

3. बच्चों को खेलने दो

बच्चों की दृष्टि को स्वीकार करना अक्सर कठिन होता है क्योंकि तुमने स्वयं ही इसे खो दिया है। एक बच्चा पेड़ पर चढ़ रहा है। तुम क्या करोगे? तुम एकदम भयग्रस्त हो जाते हो कि वह गिर सकता है, उसका पैर टूट सकता है या कुछ बुरा हो सकता है और अपने इस भय के कारण ही तुम बच्चे को रोक देते हो। यदि तुमने पेड़ पर चढ़ने के आनंद को कभी जाना होता तो तुमने पेड़ पर चढ़ना सीखने में बच्चे की मदद की होती। तुम उसे एक स्कूल ले गये होते जहां पेड़ पर चढ़ना सिखाया जाता हो, तब तुमने उसे रोका नहीं होता। तुम्हारा भय उचित है। यह प्रेम है कि कहीं बच्चा गिर न जाए लेकिन पेड़ पर चढ़ने से रोकना, एक बच्चे को विकसित होने से रोकना है।

पेड़ पर चढ़ना आवश्यक है। यदि किसी बच्चे ने यह नहीं किया तो वह कुछ अर्थों में निर्धन रह जाएगा। वह एक आनंद को खो देगा—पूरे

जीवन के लिए। तुमने उसे एक सुन्दर चीज से वंचित कर दिया और अब यह करने को और कोई अवसर नहीं है। बाद में तो उसके लिए पेड़ पर चढ़ना और भी कठिन हो जाएगा, तब यह मूर्खतापूर्ण, बेहूदा और अजीब लगेगा। उसे पेड़ पर चढ़ने दो और यदि तुम्हें भय है, तो उसे सहयोग करो, जाओ और उसे सही ढंग समझाओ।

तुम भी उसके साथ चढ़ो। उसे मदद करो ताकि वह गिर न जाए। और हमेशा के लिए वंचित रह जाने के बजाए एक आध बार पेड़ से गिरना कोई बुरी बात नहीं है...

बच्चा वर्षा से भीगना चाहता है और पेड़ों के पास खेलना चाहता है और तुम डरे हो कि उसे जुकाम या निमोनिया या कुछ और हो जाएगा–और तुम्हारा भय निर्मूल भी नहीं है। इसलिए कुछ ऐसा करो कि उसे सर्दी न पकड़े। उसे डॉक्टर के पास ले जाओ, डॉक्टर से पूछो कि उसे कौन से विटामिन दिए जाएं ताकि वह बारिश में खेल सके, नाच सके और सर्दी या निमोनिया भी न पकड़े।

लेकिन उसे रोको मत। गलियों में नाचना, जब बारिश हो रही हो, बहुत आनंदपूर्ण है। इससे वंचित होना बहुत कीमती बात से वंचित होना है यदि तुम्हें इस आनंद का अनुभव है और यदि तुम जागरुक हो तब तुम महसूस कर पाओगे कि बच्चे को कैसा लगता है। एक बच्चा खेल रहा है, नाच रहा है और चीख-चिल्ला रहा है और तुम अखबार पढ़ रहे हो। वही बकवास अखबार। और तुम्हें पता है कि उसमें क्या है? बस वही बासी खबरें लेकिन तुम बेचैन हो जाते हो। तुम बच्चे को टोकते हो, "शोर मत करो। डैडी को परेशान मत करो।" डैडी कुछ महान काम कर रहे हैं, अखबार पढ़ रहे हैं और तुम उसकी ऊर्जा की गति को बाधित कर देते हो–तुम उसके आनंद में रुकावट बनते हो, तुम जीवन को बाधित कर रहे हो। तुम हिंसक हो रहे हो।

4. आज्ञाकारिता बुद्धिमता की हत्या है

अभिभावक आज्ञाकारी बच्चे को पसंद करते हैं और याद रहे – आज्ञाकारी बच्चा लगभग सदैव ही सर्वाधिक मूर्ख बच्चा होता है। एक विद्रोही बच्चा बुद्धिमान होता है लेकिन उसका कोई आदर नहीं है, प्रेम नहीं है। अध्यापक उसे प्रेम नहीं करते, समाज उसका आदर नहीं करता, उसकी

निन्दा की जाती है या तो उसे समाज से समझौता करना पड़ता है या एक अपराध–भाव में जीना पड़ता है। स्वभावतः वह सोचता है कि वह अपने माता-पिता के लिए अच्छा नहीं है, उससे उन्हें दुःख मिलता है।

इसे ठीक से स्मरण रखो, जीसस के माता-पिता जीसस से प्रसन्न नहीं थे, गौतमबुद्ध के माता-पिता उनसे खुश नहीं थे। ये सब इतने बुद्धिमान थे, इतने विद्रोही तो उनके माता-पिता उनसे प्रसन्न कैसे हो सकते थे?

और प्रत्येक बच्चा अनंत संभावनाओं के साथ पैदा होता है और यदि उसके मूल व्यक्तित्व को विकसित होने में सहयोग दिया जाए–बिना किसी बाधा के–तब यह दुनिया सुन्दर होगी।

तब यहां बहुत से बुद्ध, बहुत से सुकरात और बहुत से जीसस पैदा होंगे। अनेक प्रकार के बुद्धिमान लोग होंगे। बुद्धिमान लोग बहुत कम मिलते हैं इसलिए नहीं कि वे पैदा नहीं होते। वे बहुत कम मिलते हैं क्योंकि समाज की कंडिशनिंग से बचना बहुत कठिन है। कभी-कभार ही कोई बच्चा छूट पाता है। हर मां-बाप के द्वारा, समाज के द्वारा, अध्यापकों के द्वारा, पुरोहितों के द्वारा, हर तरह के निहित स्वार्थी लोगों के द्वारा कंडीशन दिया जा रहा है। उसे एक विशेष धार्मिक विचारधारा पकड़ा दी जाती है। उसे यहूदी या ईसाई या हिन्दू या मुसलमान बनने के लिए बाध्य किया जाता है। यह उसका चुनाव नहीं है और जब किसी व्यक्ति को उसकी इच्छा के विपरीत बाध्य किया जाए तो तुम उसे अपाहिज बना रहे हो, तुम उसकी बुद्धिमत्ता को नष्ट कर रहे हो, तुम उसे चुनाव का अवसर नहीं दे रहे हो, तुम उसकी बुद्धि के अनुसार कार्य करने का मौका नहीं दे रहे हो। तुम इसे इस तरह से नियन्त्रित कर रहे हो कि वह मात्र यांत्रिक रूप से कार्य करे। वह ईसाई तो होगा लेकिन अपने चुनाव के द्वारा नहीं और ऐसा ईसाई होने का कोई अर्थ नहीं है यदि यह तुम्हारा स्वयं का चुनाव नहीं है।

5. हर बार 'नहीं' मत कहो

समाज की आंतरिक कार्य प्रणाली पर अभी तक किसी ने भी ध्यान नहीं दिया है। लेकिन जिस भांति यह अब तक कार्य करता रहा है वह दोषपूर्ण है। समाज को वर्गों की जरूरत है, श्रेणियों की जरूरत है। अभी तक का सामाजिक ढांचा तुलनात्मक रहा है और तुलना की विचारधारा ही मनुष्य के लिए खतरनाक है। तुम एक व्यक्ति को तुलनात्मक रूप से ही मूर्ख कहते हो क्योंकि उसकी तुलना में कोई बुद्धिमान नहीं है...

...क्या कभी तुमने कोई ऐसा वृक्ष देखा है जिसे तुम कह सको कि वह मूर्ख है या वह बुद्धिमान है, एक विद्वान एक नोबेल पुरस्कार का हकदार। इस भांति मनुष्य विक्षिप्त है। हर कोई–तुम्हारे अभिभावक से लेकिन तुम्हारे अध्यापक तक–स्कूल, कॉलेज, विश्वविद्यालय, तुम्हारा धर्म, तुम्हारे धर्म-गुरु, तुम्हारे पड़ोसी- हर कोई तुम्हें कुछ और ही बनाना चाहता है जो तुम नहीं बन सकते।

तुम केवल "स्वयं" ही हो सकते हो या चूक सकते हो–और इस तरह एक मूर्ख बन सकते हो। बचपन से ही हर एक की निन्दा की जाती है– वह कुछ भी कहे, जो भी करे– वह उचित नहीं है। स्वभावतः वह कुछ भी बोलने से भयभीत है, स्वयं कुछ भी करने से भयभीत है।

यदि वह दूसरों के बताए हुए कायदे–कानून का अनुसरण करे तो उसे प्रोत्साहित किया जाता है। हर कोई उसे प्रोत्साहित करता है। यही समाज की कार्य–प्रणाली है-यदि कोई व्यक्ति अपने पैरों पर खड़ा होने की चेष्टा करे तो उसकी निन्दा करो और जो नकलची हो उसे प्रोत्साहित करो। स्वभावतः उसकी संभावना, उसके अंतस में पड़े हुए बीज को विकसित होने का अवसर मिल पाता है। मैं मानवता के सम्पूर्ण अतीत के विरुद्ध अपना हाथ खड़ा करता हूं। यह सभ्य नहीं रहा है। यह मानवतावादी नहीं रहा है। यह किसी भी तरह से लोगों के खिलने में सहायक नहीं रहा है। यह उनका वसंत नहीं रहा है।

6. स्वतंत्रता

बच्चों को जितना हो सके समादर दो क्योंकि वे अभी नए हैं, मासूम हैं और ईश्वर के निकट हैं। उनका आदर करो। उन्हें हर तरह के कपटी, चालाक, धूर्त औ बेहूदे लोगों का आदर करने को बाध्य मत करो-वह भी सिर्फ इसलिए क्योंकि वे आयु में बड़े हैं। मैं इस पूरी व्यवस्था को उलटना चाहता हूं। बच्चों के प्रति आदर क्योंकि वे स्त्रोत के निकट हैं, तुम दूर हो। वे अभी प्रामाणिक हैं, तुम कार्बन-कॉपी हो ओर क्या तुम जानते हो कि बच्चों का आदर करने से क्या संभव हो सकता है? तब प्रेम और आदर के द्वारा तुम उन्हें गलत दिशा में जाने से रोक सकते हो। किसी भय के कारण नहीं बल्कि अपने प्रेम और आदर के कारण।

–'शिक्षा ओशो की दृष्टि में'
संकलन–स्वामी आनंद वैराग्य

दाएं या बाएं

सिर के दो हिस्से हैं, मस्तिष्क के दो भाग हैं, बायां और दायां। दोनों के बीच में छोटा-सा सेतु है, जो दोनों को जोड़े हुए है। और समाज बड़ा अद्‌भुत है। उसने जो-जो चीजें लेफ्ट हैं, बाईं हैं, उनका दमन किया है। तो तुम्हारा दायां मस्तिष्क दमन किया गया है।

अगर कोई बच्चा बाएं हाथ से लिखता है, तो हम उसे लिखने नहीं देते। दस प्रतिशत बच्चों को बाएं हाथ से ही लिखना चाहिए, क्योंकि वे वैसे ही पैदा हुए हैं, उनका बायां हाथ ही सक्रिय है। लेकिन शिक्षक पीछे पडत्रे हैं, माताएं डंडा लिए खड़ी हैं, बाप खड़े हैं, कि लिखे दाएं से।

अब जो बच्चा बाएं से ही लिखने को पैदा हुआ है, वह बाएं से लिखेगा, लेकिन तुमने उसकी जीवन ऊर्जा कुंठित कर दी। उसका बायां हाथ दमित किया गया। बाएं हाथ से दायां मस्तिष्क जुड़ा है और दाएं हाथ से बायां मस्तिष्क जुड़ा है। क्रॉस की तरह जुड़े हैं। अगर तुमने उसको बाएं हाथ से न लिखने दिया, तो तुमने उसके दाएं मस्तिष्क को दमित कर दिया। वह दायां मस्तिष्क तड़फड़ाएगा। वह बंद पड़ा रह जाएगा। और वही उसका असली मस्तिष्क था। यह बच्चा सदा के लिए बुद्धू हो जाएगा और तुम इसी को जिम्मेदार ठहराओगे।

अभी पश्चिम में मनोवैज्ञानिकों का बड़ा समूह इस पक्ष में हो गया है कि जो बच्चे बाएं से लिखते हैं, उनको बाएं से ही लिखने दो। अन्यथा तुम उनको जीवन भर के लिए बुद्धिहीन बना दोगे। उनके असली मस्तिष्क तो रोक दिया जाएगा और जो मस्तिष्क काम करना नहीं चाहता था, कर नहीं सकता था, उसके सहारे उनको चलाया जाएगा। तुमने उन्हें नाटक ही बैसाखियां पकड़ा दीं। वे अपने ही पैर से दौड़ सकते थे। तो जो लोग, दस प्रतिशत लोग, काफी बड़ी संख्या है, उनको बगावत करनी ही चाहिए। ये दाएं हाथ वाले लोगों ने, नब्बे प्रतिशत लोगों ने, दस प्रतिशत लोगों की गर्दन दबा ली है।

–ओशो

सीखने की क्षमता

यह बहुत महत्वपूर्ण नहीं है कि आप कहां जाएं, यह बहुत महत्वपूर्ण है कि आपके भीतर सीखने का दृष्टिकोण, एटिटयूट ऑफ लर्निंग है या नहीं?

यदि आपके भीतर सीखने की क्षमता है, तो सारा जीवन ही सत्संग हो जाता है। उठना-बैठना, पक्षी और पौधे भी सत्संग बन जाते हैं, सामान्य मनुष्य भी सत्संग बन जाते हैं। लेकिन सीखने की दृष्टि न हो और आप स्वयं परमात्मा के साथ भी निवास करें, तो भी स्मरण रखें, सत्संग नहीं होगा।

सत्संग किसी और पर नहीं, आपके होने पर निर्भर है, आपके जीवन के ढंग पर। खुली हुई आंख होनी चाहिए तो पूरा जीवन ही सत्संग है, पूरा जीवन एक शिक्षण है। जन्म से लेकर मृत्यु तक अबाध चारों तरफ जो जीवन का सागर है, वही, वही बहुत-बहुत अर्थों में, बहुत-बहुत रूपों में, बहुत सी दिशाओं से उपस्थित होता है; और अगर हमारे भीतर द्वार हो, हृदय खुला हो, तो सब भांति उसकी लहरें हमारे जीवन को कुछ दे जाती हैं।

लेकिन मैं तो यही देखता हूं कि सत्संग का यही खयाल है कि किसी गुरु के पास जाकर आप बैठें और उससे सीखें। इस धारणा के कारण सीखने वाला तो कम महत्वपूर्ण हो गया और सिखाने वाला बहुत महत्वपूर्ण हो गया है। सारी गुरुडम इसी बात से पैदा हुई है। और वे जो गुरू हैं वे भी यही सिखाते हैं कि बिना गुरु के ज्ञान नहीं होगा, इसलिए आओ और हमें गुरू बनाओ। जब कि सच्चाई यह है कि जिस आदमी को सत्य का अनुभव हुआ हो, उसे तो खयाल भी न होगा कि वह आपका गुरु बन जाये। और अगर आप उससे कहें भी तो उसे हैरानी ही होगी। क्योंकि गुरु बनने की जो दौड़ है, वह कोई सत्य का साक्षात किसी को हुआ हो, किसी के जीवन में प्रकाश उतरा हो, उसके चित्त में नहीं हो सकती है।

यह गुरु होने की दौड़ भी अधिकार की और शक्ति पाने की दौड़ है। और इसलिए तो एक गुरु दूसरे गुरु के विरोध में खड़ा है। एक गुरु अपना घेरा बनाए हुए है, दूसरा गुरु अपना घेरा बनाए हुए है। और वे गुरु यह भी समझाते हैं कि हम ही सदगुरु हैं, और किसी के पास मत जाना, और सब मिथ्या गुरू हैं। यह सारा का सारा व्यवसाय और धंधा बन गया। और इस धंधे के केन्द्र पर मनुष्य-जाति को बहुत हानि झेलनी पड़ी है। तो मैं केन्द्र को ही बदल देने को उत्सुक हूं। गुरु महत्वपूर्ण नहीं सत्संग में, **सत्संग में महत्वपूर्ण हैं आप, आपकी सीखने और देखने की दृष्टि। आपका खुला हुआ मन। और तब फिर किसी व्यक्ति का सवाल नहीं है, जीवन में जहां भी आप हैं, सब तरफ सीखने को बहुत है।**

एक मुसलमान फकीर मरने को था। किसी ने उससे पूछा मरते वक्त कि तुमने किससे सीखा ज्ञान।

उसने कहा, बड़ा कठिन है। किस-किस के नाम लूं? जीवन में एक भी क्षण ऐसा नहीं बीता जब मैंने किसी से कुछ न सीखा हो। एक बार रास्ते से निकलता था, एक छोटा सा बच्चा हाथ में दीया जलाए हुए कहीं जा रहा था। मैंने उस बच्चे से पूछा कि क्या बेटे तुम बता सकते हो कि दीये में जो ज्योति है यह कहां से आई है? मैंने सोचा था कि छोटा बच्चा है, चकित होकर रह जाएगा, उत्तर न दे पाएगा। लेकिन उस बच्चे ने क्या किया? उसने फूंक मार दी और दीये को बुझा दिया और मुझसे पूछा कि अब तुम ही बताओ कि ज्योति कहां चली गई है? मैंने उस बच्चे के पैर पकड़ लिए, मुझे एक गुरु मिल गया था और जाना कि छोटे बच्चे के प्रति भी यह भाव लेना कि वह छोटा है, गलत है। वहां भी कुछ रहस्यपूर्ण मौजूद हुआ है, वहां भी कुछ जन्मा है। केवल उम्र में पीछे होने से उसे छोटा मान लेना भूल है। मेरे पास कोई उत्तर न था। तब मैंने जाना कि जो मैंने पूछा था वह बड़ा अज्ञानपूर्ण था। और तब मैंने जाना कि जहां तक उस प्रश्न के उत्तर का संबंध है, मैं भी उतना ही बच्चा हूं जितना वह बच्चा है। मेरे बुजुर्ग होने का भ्रम टूट जाना एक अद्‌भुत शिक्षा थी जो एक छोटे से बच्चे ने मुझे दी थी, वह मेरा गुरु हो गया था।

और एक बार, उस फकीर ने कहा कि मैं एक गांव में ठहरा हुआ था और एक औरत भागी हुई आई, उसके कपड़े अस्तव्यस्त थे, उसने बुर्का न ओढ़ रखा था। उसने आकर मुझसे पूछा कि क्या आपने किसी आदमी को

यहां से निकलते हुए देखा है? तो मैंने उससे कहा कि बदतमीज औरत, पहले अपने कपड़े ठीक कर और मुझसे कुछ पूछ। उस स्त्री ने कहा, माफ करें, मैं तो समझी कि आप परमात्मा के दीवाने और प्यारे हैं। मेरा प्रेमी इस रास्ते से निकलने वाला है, मैं उसको खोजने निकली हूं, वर्षों के बाद इधर से वह आने को है। तो मैं तो उसके प्रेम में इतनी दीवानी हो गई कि वस्त्रों की कौन कहे, मुझे अपनी देह की भी कोई सुध नहीं। लेकिन तुम परमात्मा के प्रेम में इतने दीवाने न हो सके कि दूसरे के वस्त्र तुम्हें दिखाई न पड़ें।

उस फकीर ने कहा, मैंने उसके पैर पकड़ लिए और मैंने कहा, तेरा प्रेम मुझसे ज्यादा गहरा है। और मैं सोचता था कि मैं परमात्मा का प्रेमी हूं, तूने बता दिया कि नहीं हूं। जिसे अभी दूसरों के वस्त्र भी दिखाई पड़ते हैं, वह क्या परमात्मा का प्रेमी होगा? जो प्रेम में इतना भी नहीं डूब पाया जितना कि एक सामान्य स्त्री अपने प्रेमी के खयाल में डूब जाती है तो वह स्त्री मेरी गुरु हो गई।

और उस फकीर ने कहा, एक बार एक गांव में आधी रात भटका हुआ पहुंचा। गांव के सारे लोग सो गए थे, सिर्फ एक आदमी एक मकान के पास, दीवाल के पास बैठा हुआ मुझे मिला। मेरे मन में खयाल हुआ कि हो न हो यह कोई चोर होना चाहिए। इतनी रात किसी दूसरे मकान की दीवाल से यह कौन टिका है? मेरे मन में यही खयाल उठा कि कोई चोर होना चाहिए। लेकिन उस आदमी ने मुझे पूछा, राहगीर, भटक गए हो? चलो, कृपा करो, मेरे घर में ठहर जाओ, अब तो रात गहरी हो गई और सरायों के दरवाजे भी बंद हो चुके हैं। वह मुझे अपने घर ले गया और मुझे सुला कर उसने कहा कि मैं जाऊं, रात्रि में मेरा व्यवसाय चलता है। तो मैंने पूछा, क्या है तुम्हारा व्यवसाय? उसने कहा कि परमात्मा के एक फकीर से झूठ न बोल सकूंगा, मैं एक गरीब चोर हूं।

वह चोर चला गया। और उस फकीर ने कहा कि मैं बहुत हैरान हो गया, इतनी सच्चाई तो मैं भी नहीं बोल सकता था। मेरे मन में भी कितनी बार चोरी के खयाल नहीं उठे। और मेरे मन ने भी कौन-कौन सी बुराइयां नहीं पाली हैं। लेकिन मैंने कभी किसी को नहीं कहीं। इतना सरल तो मैं भी न था जितना वह चोर था। और रात जब पूरी बीत गई तो वह चोर वापस लौटा, धीरे-धीरे कदमों से घर के भीतर प्रवेश किया ताकि मेरी नींद न खुल जाए। मैंने उससे पूछा, कुछ मिला? कुछ लाए। उस चोर ने कहा,

नहीं, लेकिन कल फिर कोशिश करेंगे। वह खुश था, निराश नहीं था।

फिर तीस दिन मैं उसके घर में मेहमान रहा और वह तीस दिन ही घर के बाहर रोज रात को गया और हर रोज खाली हाथ लौटा और सुबह मैंने उससे पूछा कि कुछ मिला? तो उसने कहा, आज तो नहीं, लेकिन कल जरूर मिलेगा, कल फिर कोशिश करेंगे। फिर एक महीने के बाद मैं चला आया। और जब मैं परमात्मा की खोज में गहरा डूबने लगा और परमात्मा का मुझे कोई कोर-किनारा न मिलता था और मैं थक जाता था और हताश हो जाता था और सोचने लगता था कि छोड़ दूं, खोज को, तब मुझे उस चोर का खयाल आता था जो रोज खाली हाथ लौटा, लेकिन कभी निराश न हुआ और उसने कहा कि कल फिर कोशिश करेंगे और उसी चोर के बार-बार खयाल ने मुझे निराश होने से बचाया। जिस दिन परमात्मा की ज्योति मिली, उस दिन मैंने अपने दोनों हाथ जोड़े और उस चोर के लिए प्रणाम किया, अगर वह उस रात मुझे न मिला होता तो शायद मैं कभी का निराश हो गया था।

ऐसे उस फकीर ने बहुत सी बातें कहीं जिनसे उसने सीखा था।

जिंदगी चारों तरफ बहुत बड़ी शिक्षा है। जिंदगी चारों तरफ बहुत बड़ा सत्य है। जिंदगी चारों तरफ रोज-रोज खड़ी है द्वार पर। हमारी आंखें बंद हैं और हम पूछते हैं; सत्संग करने कहां जाएं? और हम पूछते हैं; किसके चरण पकड़ें, किसको गुरु बनायें? और जिंदगी चारों तरफ खड़ी है सब कुछ लुटा देने को, सब खोल देन को, और उसके प्रति हमारी आंखें बंद हैं और हृदय बंद है। तो मैं नहीं कहता कि सत्संग करने कहीं जाएं। वैसा हृदय बनायें अपना कि चौबीस घंटे सत्संग हो जाए। जिंदगी में सब कुछ ऐसा है कि जिससे सीखा जा सके, पाया जा सके, जाना जा सके। कोई दृष्टि खुल जाए, कोई अंतर्दृष्टि खुल जाए।

लेकिन ये सत्संग करने वाले लोग, जो कहीं और खोजने चले जाते हैं, ये कभी न पा सकेंगे, कभी न पा सकेंगे। इनके पास बंद आंखें थीं। अन्यथा ये जीवन से ही पा लेते। और बंद आंखें लेकर ये कहीं भी चले जाएं, क्या फर्क पड़ेगा? कहीं भी जाएं, कहीं भी खोजें, कुछ भी इन्हें नहीं मिलेगा। क्योंकि जो द्वार खुले चाहिए वे द्वार तो बंद हैं।

तो मैं नहीं कहता कि सत्संग करने कहीं जाएं। मैं तो यह कहता हूं कि वह दृष्टि बनाएं खुली हुई जो सीख सकती है। अपने बच्चे से सीखें, अपने

नौकर से, अपने घर के बाहर खड़े भिखारी से, चारों तरफ... दरख्तों से, पौधों से...जो सीख सकते हैं, जो जान सकते हैं, वे कहीं से भी जान लेते हैं। एक दरख्त से सूखा गिरा हुआ पत्ता भी दृष्टि को खोल सकता है; आंख खुल सकती है। लेकिन उसकी तैयारी चाहिए। और उस तैयारी में गुरु का कोई भी मूल्य नहीं है, इस तैयारी में हमेशा उसका मूल्य है जो खोज पर निकला है।

तो मैं नहीं कहता कि गुरु जरूरी है ज्ञान के लिए। मैं कहता हूं, सीखने की क्षमता जरूरी है। आध्यात्मिक जीवन में गुरु नहीं होते, केवल शिष्य होते हैं। गुरु नहीं होते, टीचर्स नहीं होते, केवल डिसाइपल्स होते हैं।और जहां गुरू भी होते हों, समझना कि वहां धंधा होता होगा धर्म के नाम पर।

लेकिन आज तो हालतें उलटी हो गई हैं। शिष्य तो कोई भी नहीं है, गुरु करीब-करीब सभी हैं।

एक युवक एक आश्रम में पहुंचा था उसने आश्रम के प्रधान के पास आकर कहा, मैं भी इस आश्रम में आया हूं सीखने, सत्संग करने, सत्य की खोज करने, साधना करने।

तो उस गुरु ने, उस प्रधान ने कहा, हमारे आश्रम में दो तरह के लोग हैं : एक तो शिष्य हैं सीखने वाले और एक गुरुजन हैं सिखाने वाले। लेकिन शिष्य होना बहुत कठिन है, सीखना बड़ी तपश्चर्या है, सीखना बड़ा श्रम है, बहुत कठिनाई होगी। क्या तुम शिष्य बनना चाहते हो? उसने सारी कठिनाइयां बताई कि ये-ये कठिनाइयां हैं।

उस युवक ने कहा कि नहीं, ये तो बहुत ज्यादा कठिनाइयां हैं। अब कृपा करके यह बताइये कि गुरु होने के लिए क्या-क्या करना पड़ता है?

उस प्रधान ने कहा, गुरु होने के लिए कोई विशेष काम नहीं करना पड़ता, गुरु बनने की तरकीब आनी चाहिए, तो कोई भी गुरु बन सकता है। बोलना आना चाहिए, समझना आना चाहिए, तो कोई भी गुरु बन सकता है।

वह युवक बोला, तो फिर मुझे गुरु ही बना लीजिए। बोलना भी मुझे आता है, समझाना भी मुझे आते है।

वह गया था सत्य की खोज में, लेकिन गुरु बन गया। अक्सर लोग सत्य की खोज में जाते हैं सत्संग करने और धीरे-धीरे दूसरों के सत्संग करवाने लगते हैं और यह भूल ही जाते हैं कि वे सत्संग करने आए थे असल में सीखने की तो कोई दृष्टि नहीं है, सीखने के लिए जो सरल, खुला हुआ हृदय चाहिए, वह नहीं है।

ज्ञान से भरा हुआ हृदय सरल नहीं होगा, वह मैंने पहले दिन कहा। कल्पना से भरा हुआ हृदय भी सरल नहीं होगा।

सरल हृदय हो जाए तो सारा जीवन सत्संग है, सारा जीवन शास्त्र है, सारा जीवन गुरू है। और सब शास्त्र तो मनुष्य के बनाए हुए हैं, लेकिन यह जीवन तो परमात्मा का ही बनाया हुआ है। और सब बातें तो मनुष्य की रची हुई हैं, लेकिन ये पौधे, पक्षी, ये पहाड़, ये पर्वत, ये मनुष्य, यह सब कुछ, ये चारों तरफ जो फैला है यह, यह तो परमात्मा का ही है। और जो इससे न सीख सकेगा, जो परमात्मा के शास्त्र से न सीख सकेगा, वह और कहां सीख सकेगा?

परमात्मा के इस शास्त्र के प्रति अपने हृदय को खोलें। वही खोल सकेगा जो मनुष्य के शास्त्रों को विदा दे देता है। वही परमात्मा के इस शास्त्र के प्रति अपने मन को खोल पाता है। और वह खोल ले तो सब जगह सत्संग है।

–ओशो

'रोम रोम रस पीजिए'

आन्तरिक रूपान्तरण / क्रांति केवल संकल्पवान ही कर सकते हैं।

शिक्षा के आयाम

जीवन में जो शिक्षा प्रचलित है वह पर्याप्त नहीं है, अधूरी है, सतही है। वह सिर्फ ऐसे लोग निर्मित करती है जो रोजी-रोटी कमा सकते हैं लेकिन जीवन के लिए वह कोई अंतदृष्टि नहीं देती। वह न केवल अधूरी है, बल्कि घातक भी है क्योंकि वह प्रतिस्पर्धा पर आधारित है। किसी भी प्रकार की प्रतिस्पर्धा, गहरे में हिंसक होती है और प्रेम रहित लोगों को पैदा करती है। उनका पूरा प्रयास होता है, जीवन में कुछ पाना है—नाम, कीर्ति, सब तरह की महत्वाकांक्षाएं। स्वभावतः उन्हें लड़ना पड़ता है और उसके लिए संघर्षरत रहना पड़ता है। उससे उनका आनंद और उनका मैत्री-भाव खो जाता है। लगता है, जैसे हर व्यक्ति पूरे विश्व के साथ लड़ रहा है।

शिक्षा अब तक लक्ष्य की ओर उन्मुख रही है। तुम क्या सीख रहे हो यह महत्वपूर्ण नहीं है; साल, दो साल बाद जो परीक्षा होगी वह महत्वपूर्ण है। वह भविष्य को महत्वपूर्ण बनाती है—वर्तमान से अधिक महत्वपूर्ण वह भविष्य के लिए वर्तमान की बलि चढ़ाती है। और यह तुम्हारी जीवन-शैली बन जाती है। तुम हमेशा इस क्षण को उसके लिए समर्पित करते हो, जो अभी मौजूद नहीं है। उससे जीवन में गहन रिक्तता पैदा होती है।

मेरी दृष्टि में शिक्षा के पांच आयाम होंगे। इससे पहले कि मैं उन पांचों आयामों की चर्चा करूं, कुछ बातें खयाल में ले लेनी चाहिए। एक, शिक्षा के अंग की भांति कोई भी परीक्षा नहीं होनी चाहिए। लेकिन प्रतिदिन, प्रत्येक घंटे में शिक्षक निरीक्षण करे, और पूरे वर्ष के दौरान उन्होंने जो टिप्पणी लिखी होगी, उससे निर्धारित होगा कि तुम आगे बढ़ोगे या उसी कक्षा में कुछ अधिक समय तक रहोगे। न कोई अनुतीर्ण होगा, न कोई उत्तीर्ण होगा। फर्क इतना ही होगा कि कुछ लोगों की गति ज्यादा होगी, कुछ लोगों की थोड़ी कम होगी। असफलता का खयाल हीनता का गहरा घाव

पैदा करता है, और सफल होने का खयाल भी एक अलग तरह की बीमारी पैदा करता है : श्रेष्ठता का भाव।

इसलिए परीक्षाओं की कोई जगह न होगी। इससे पूरा परिप्रेक्ष्य ही बदलकर भविष्य से वर्तमान में आ जाएगा। तुम इन क्षण जो ठीक से कर रहे हो वह निर्णायक होगा, साल के अंत में पूछे जाने वाले पांच सवाल नहीं। इन दो वर्षों में तुम जिन हजारों चीजों से गुजरोगे, वह हर चीज निर्णायक होगी। तो शिक्षा लक्ष्य-केन्द्रित नहीं होगी।

न कोई निकृष्ट है, न कोई श्रेष्ठ है। व्यक्ति सिर्फ स्वयं है अतुलनीय।

अतीत में शिक्षक अत्यंत महत्वपूर्ण था, क्योंकि उसे पता था कि वह सब परीक्षाओं में उत्तीर्ण हो चुका है। उसने ज्ञान का संग्रह कर लिया था। लेकिन वह परिस्थिति अब बदल गई है। लेकिन समस्या यह है कि परिस्थिति बदल जाती है और उसके प्रति हमारे प्रतिसंवेदन पुराने ही रह जाते हैं। अब ज्ञान का विस्फोट इतना अधिक हो गया है, इतना विराट और इतना तेज हुआ है कि तुम किसी वैज्ञानिक विषय पर बड़ी किताब नहीं लिख सकते क्योंकि जब तक तुम्हारी किताब पूरी होगी तब तक वह तिथिबाह्य हो चुकी होगी। नये तथ्य, नये आविष्कार उसे असंगत कर देंगे। तो अब विज्ञान को लेखों पर, पत्रिकाओं पर निर्भर रहना पड़ता है, किताबों पर नहीं।

शिक्षक ने तीस साल पहले शिक्षा पायी थी। तीस सालों में सब कुछ बदल गया और वह वही दोहराता रहता है, जो उसने तीस साल पहले सीखा था। वह तिथिबाह्य हो गया है और वह अपने विद्यार्थियों को तिथिबाह्य बना रहा है। मेरी दृष्टि में शिक्षक के लिए कोई जगह नहीं है। शिक्षकों की बजाए मार्गदर्शक होंगे। इस फर्क को समझ लेना जरूरी है। मार्गदर्शक तुम्हें यह बताएगा कि पुस्तकालय में इस विषय पर नवीनतम जानकारी कहां मिल सकती है। भविष्य में कम्प्यूटर अत्यधिक, क्रांतिकारी रूप से महत्वपूर्ण सिद्ध होने वाला है। उदाहरण के लिए, विद्यार्थियों को जिस तरह से शिक्षा दी जाती है वह बिलकुल ही पुरातनपंथी है। अभी भी वह स्मृति को पुष्ट करने पर निर्भर करता है। और स्मृति पर जितना बोझा डाला जाये उतनी ही स्पष्टता और बुद्धिमत्ता की संभावना कम हो जाती है। मैं इसे एक बहुत बड़ा अवसर मानता हूं कि सब तरह की जानकारी का संग्रह करने से विद्यार्थियों को मुक्ति मिल सकती है। वे अपने साथ छोटे कम्प्यूटर रख सकते हैं जिनमें

उनके जरूरत की सभी जानकारी होगी। उससे मस्तिष्क को अधिक ध्यानपूर्ण, सुस्पष्ट और निश्छल होने में मदद मिलेगी। अभी तो उनके मस्तिष्क में व्यर्थ का कूड़ा-करकट भरा रहता है।

भविष्य में शिक्षा कम्प्यूटर और टेलीविजन पर ही केन्द्रित होगी क्योंकि पढ़ा हुआ या सुना हुआ इतनी सरलता से खयाल में नहीं रहता जितना कि देखा हुआ। कान या अन्य किसी भी साधनों की अपेक्षा आंखें कहीं अधिक शक्तिशाली माध्यम है। और पढ़ने या सुनने से जो ऊब पैदा होती है वह भी उसमें नहीं होती। उल्टे टेलीविज़न एक आनंदपूर्ण अनुभव बन जाता है। भूगोल बड़े रंगीन ढंग से पढ़ाया जा सकता है।

शिक्षक केवल एक मार्गदर्शक होगा, जो तुम्हें उचित चैनल दिखा देगा, तुम्हें कम्प्यूटर का उपयोग करना सिखा देगा, और यह भी सिखा देगा कि नवीनतम किताब को कैसे खोजना। उसका काम बिल्कुल ही भिन्न होगा। वह तुम्हें ज्ञान नहीं दे रहा है, वह तुम्हें समकालीन ज्ञान के गति सजग कर रहा है। वह केवल मार्गदर्शक है।

इन सब बातों को ध्यान में रखते हुए, मैं शिक्षा को पांच आयामों में बांटता हूं।

पहला आयाम है सूचनात्मक, जैसे इतिहास, भूगोल और इस तरह के बहुत से विषय जिन्हें टेलीविजन और कम्प्यूटर द्वारा एक साथ पढ़ाया जा सकता है। लेकिन इतिहास के संबंध में हमें एक आत्यांतिक मूलभूत दृष्टिकोण लेना पड़ेगा अभी तो चंगेजखान, तैमूरलंग, नादिरशाह, अडोल्फ हिटलर इत्यादि लोगों से इतिहास बना है। ये हमारा इतिहास नहीं है, ये हमारे दुःस्वप्न हैं। आदमी आदमी के साथ इतना क्रूर हो सकता है यह खयाल ही घृणा पैदा करता है। हमारे बच्चों के भीतर ऐसे विचार नहीं डाले जाने चाहिए। भविष्य में इतिहास के पन्ने केवल उन लोगों से भरे होने चाहिए। जिन्होंने इस ग्रह के सौंदर्य को बढ़ाने में योगदान दिया है- गौतम बुद्ध, सुकरात, लाओत्सु; जलालुद्दीन रूमी, जे. कृष्णमूर्ति जैसे महान रहस्वादी; वाल्ट व्हिटमन, उमर खैयाम जैसे श्रेष्ठ कवि, लियो टालस्टाय, मैक्सिम गोर्की, फ्योदोर दोस्तोवस्की, रवींद्रनाथ टैगोर, बाशो जैसे महान साहित्यकार।

हम अपनी विरासत की विधायक भव्यता की शिक्षा दें। और जो लोग अब तक ऐतिहासिक दृष्टि से महान माने गये हैं—अडोल्फ हिटलर जैसे लोग, उनका उल्लेख केवल टिप्पणियों में हो। उनका स्थान सिर्फ टिप्पढ़ियों

में होगा या परिविष्ट (फुट नोट) में जिसके साथ यह साफ स्पष्टीकरण हो कि या तो वे विक्षिप्त थे, या हीनता ग्रंथि या अन्य किसी मानसिक विकार से पीड़ित थे। हमें आने वाली पीढ़ियों को इस बात से अवगत करा देना चाहिए कि अतीत में हमारा एक अंधेरा पहलू रहा है जो पूरे अतीत पर हावी रहा है, लेकिन अब उस पहलू के लिए कोई जगह नहीं है।

पहले आयाम में भाषाएं भी सम्मिलित हैं। संसार के प्रत्येक व्यक्ति को दो भाषाएं तो सीखनी ही चाहिए; एक उसकी मातृभाषा और दूसरी अंग्रेजी, जो कि अंतर्राष्ट्रीय आदान-प्रदान की भाषा है। इन भाषाओं को टेलीविज़न के माध्यम से बिलकुल सही ढंग से सिखाया जा सकता है– बोलने का अंदाज, व्याकरण हर चीज आदमी से अधिक सही ढंग से सिखायी जा सकती है। हम विश्व में एक बंधुता का वातावरण तैयार कर सकते हें। भाषा लोगों को जोड़ती है और भाषा तोड़ती भी है। इस समय अंतरर्राष्ट्रीय भाषा एक भी नहीं है। इसके लिए हमारे पूर्वाग्रह जिम्मेदार हैं। अंग्रेजी में पूरी क्षमता है क्योंकि विश्व भर में बहुत बड़े पैमाने पर, ज्यादा लोग इसे जानते हैं।

दूसरा आयाम :- वैज्ञानिक विषयों की खोज। यह अत्यंत महत्वपूर्ण है क्योंकि यह वास्तविकता का आधा अंग है। बाह्य वास्तविकता का। वे भी टेलीविज़न और कम्प्यूटर द्वारा सिखाये जा सकते हैं। परंतु वे अधिक जटिल हैं इसलिए मानव-मार्गदर्शन की ज्यादा जरूरत होगी।

तीसरा आयाम वह होगा जिसकी आज की शिक्षा में कमी है : जीने की कला। लोग यह माने बैठे हैं कि वे प्रेम जानते हैं। वे नहीं जानते; और जब तक वे जानने लगते हैं, बहुत देर हो चुकी होती है। प्रत्येक बच्चे को सिखाया जाए कि उसके क्रोध, घृणा, ईर्ष्या को प्रेम में कैसे रूपांतरित किया जाए।

तीसरे आयाम का एक महत्वपूर्ण अंग होगा, हास्य--व्यंग्य की समझ। हमारी तथाकथित शिक्षा लोगों को उदास और गंभीर बनाती है। और अगर तुम्हारे जीवन का एक तिहाई हिस्सा विश्वविद्यालय में उदास और गंभीर होने में व्यतीत हो जाए तो वह तुम्हारे भीतर गहरा खुद जाता है, तुम हंसी की भाषा भूल जाते हो और जो आदमी हंसी की भाषा भूल जाता है वह जीवन का बहुत कुछ भूल जाता है।

तो प्रेम, हंसी और जीवन के आश्चर्य और रहस्यों से परिचय... वृक्षों पर चहकते हुए इन पक्षियों का संगीत अनुसना न रह जाए। इन वृक्षों, फूलों

और सितारों का तुम्हारे हृदय के साथ कोई नाता जुड़ना चाहिए। ये सूर्योदय और सूर्यास्त महज बाह्य घटनाएं नहीं होनी चाहिए, वे कुछ आंतरिक भी हों। जीवन के प्रति आदर, तीसरे आयाम की बुनियाद होनी चाहिए। लोग जीवन के प्रति बहुत अनादर से भरे हैं।

चौथा आयाम होना चाहिए, कला और सृजनात्मकता : चित्रकला, संगीत, हस्तकला, कविता, पत्थर तोड़ने का काम-जो भी सृजनात्मक है, वह सब। सृजनात्मकता के सब क्षेत्रों में उन्हें अवगत कराना चाहिए। फिर विद्यार्थी चुनाव कर सकते हैं। सिर्फ कुछ ही बातें आवश्यक होनी चाहिए-जैसे अंतर्राष्ट्रीय भाषा का ज्ञान आवश्यक होना चाहिए, तुम्हारी आजीविका कमाने की क्षमता आवश्यक होनी चाहिए, कोई भी एक सृजनात्मक कला आवश्यक होनी चाहिए। सृजनात्मक कलाओं के पूरे इंद्रधनुष में से तुम चुन सकते हो। क्योंकि जब तक आदमी सृजन की कला नहीं जानता, तब तक अस्तित्व का अंश नहीं बनता, जो कि सतत सृजन कर रहा है। सृजनात्मक होने से आदमी दिव्यत्व को उपलब्ध हो जाता है। सृजनात्मकता एकमात्र प्रार्थना है।

पांचवां आयाम होगा, मरने की कला। इस पांचवे आयाम में ध्यान की सब विधियां होगी ताकि तुम जान सको कि मृत्यु होती ही नहीं; ताकि तुम अपने भीतर के शाश्वत जीवन से परिचित हो जाओ। इसे अत्यंत आवश्यक किया जाना चाहिए क्योंकि हर व्यक्ति को मरना है, इससे कोई बच नहीं सकता और ध्यान के विशाल छाते के नीचे झेन, ताओ योग, हसीद धर्म सभी तरह की संभावनाएं जो आज तक रही हैं उनसे परिचित कराया जा सकता है और आज तक शिक्षा ने इसकी फिक्र नहीं की है।

मैं खुद एक प्राध्यापक रहा हूं। और मैंने विश्वविद्यालय से यह कहकर इस्तीफा दिया कि यह शिक्षा नहीं है, यह निपट मूढ़ता है। तुम कुछ भी अर्थपूर्ण नहीं सिखा रहे हो।

लेकिन सारे संसार में यही निरर्थक शिक्षा प्रचलित है। फिर वह सोवियत संघ हो कि अमेरिका हो, इससे कोई फर्क नहीं पड़ता, किसी ने अधिक संपूर्ण, अधिक समग्र शिक्षा की ओर ध्यान नहीं दिया है इस अर्थ में करीब-करीब हर व्यक्ति जीवन के बृहत्तर क्षेत्र में अशिक्षित है। कुछ लोग ज्यादा अशिक्षित हैं, कुछ लोग कम; लेकिन हर कोई अशिक्षित है। सुशिक्षित आदमी मिलना असंभव है क्योंकि संपूर्ण शिक्षा नाम की कोई चीज ही नहीं है।

–ओशो

महत्वाकांक्षी शिक्षा तनाव लाती है

पूछा है कि मैंने सुबह कहा कि, महत्वाकांक्षा, प्रतिस्पर्धा बाहर के जीवन में तो इनके सिवाय विकास नहीं हो सकता, ऐसा प्रश्न पूछा है। और मैंने यह कहा कि बाहर के और भीतर के दोनों के जीवन में संतुलन होना चाहिए। दोनों का विकास होना चाहिए। तो उन्हें, पूछने वाले को, यह तो समझ में आया है कि भीतर के जीवन का विकास तो बिना प्रतिस्पर्धा के हो सकता है, लेकिन बाहर के जीवन का विकास नहीं हो सकता।

यह बात गलत है। अभी तक सचमुच ऐसा ही हुआ है। कि बाहर के जीवन में बहुत प्रतिस्पर्धा है और तभी विकास होता है। लेकिन नहीं, इससे भिन्न हो सकता है।

एक चमार है, वह जूते सीता है। वह इस कारण भी अच्छे जूते सी सकता है कि पड़ोसी जो दूसरा चमार है उससे उसको आगे निकलना है, इसलिए उससे अच्छे जूते सिए। ज्यादा कमाई होगी, ज्यादा पैसा आएगा, बड़ा मकान बना सकेगा। नहीं, लेकिन, वह इसलिए भी अच्छे जूते सी सकता है कि उसे जूते सीने की कला से प्रेम है। या जो आदमी उसके जूते पहनेगा, वह चाहता है कि वह उसके प्रति बुरा भाव न लाए, वह चाहता है कि वह प्रसन्न हो, वह चाहता है कि मैंने जो चीज बनाई है वह उसे खुशी दे।

कबीर का नाम तुमने सुना होगा, वे कपड़ा सीते थे। फकीर थे इतने बड़े, साधु थे, लेकिन फिर भी कपड़ा सीते थे। लोगों ने उनसे कहा कि यह तो उचित नहीं है आप कपड़ा सिएं और बाजार में बेचने जाएं। आप जैसे साधु को क्या जरूरत।

लेकिन कबीर ने कहा कि नहीं, अगर मैं कपड़े नहीं सिऊंगा, तो भगवान अनेक-अनेक रूपों में मेरे द्वारा सिए हुए कपड़े पहनता है, उसे इतने

अच्छे कपड़े फिर नहीं मिल सकेंगे। क्योंकि दूसरे जुलाहे तो पैसा कमाने के लिए कपड़े सीते हैं, मैं तो प्रेम से कपड़ा सीता हूं।

तो कबीर कपड़ा सीते थे, गीत गाते थे। इतने प्रेम से कपड़ा सी कर बाजार बेचने जाते थे। और जब कोई खरीदने वाला आता था तो उसके गले में खुद ओढ़ा देते थे और उससे कहते थे : राम बहुत सम्हल कर इसको पहनना। मैंने बड़ी मेहनत से, बड़े प्रेम से, अपने प्राणों का पूरा भाव इसमें पिरोया है। अब यह तो बहुत और तरह की बात हो गई। और कबीर के मुकाबले कपड़े किसी के भी नहीं होते थे बाजार में। हो भी नहीं सकते थे। मगर इसमें कोई प्रतिस्पर्धा नहीं थी।

तुमने गोरा कुम्हार का नाम शायद सुना हो। एक बहुत बड़ा कुम्हार हुआ, बहुत बड़ा विचारक हुआ, बहुत बड़ा साधु हुआ। वह घड़े बनाता रहा जिंदगी भर मिट्टी के और बेचता रहा। वह इतने मजबूत घड़े बनाता था कि दूसरे कुम्हारों ने उस पर एतराज उठाया कि तुम तो हमारे धंधे को खराब किए दे रहे हो। क्योंकि तुम्हारा घड़ा तो इतना चलता है कि जिसका कोई हिसाब नहीं। घड़े तो ऐसे बनाओ कि जल्दी फूट जाएं, ताकि शुरू से खरीदने वाला दुबारा आए। लेकिन गोरा कुम्हार ने कहा, मैं कोई धंधा नहीं करता हूं, मैं तो प्रेम करता हूं घड़े बनाने को। और इतना अच्छे से अच्छा घड़ा बनाना चाहता हूं कि जो ले जाए उसे दुबारा घड़ा खरीदने की जरूरत न पड़े।

अब इसमें कोई कॉम्पिटीशन न रहा, इसमें किसी से कोई प्रतिस्पर्धा न रही, इसमें तो करने से प्रेम हुआ। हम अपने काम से प्रेम करें तो भी काम का विकास होगा। एक बागवान अपनी बगिया लगाने से प्रेम करे, एक किसान अपने खेत में बीज बोने से प्रेम करे, एक दफ्तर का नौकर अपनी दफ्तर की नौकरी से प्रेम करे। सारी दुनिया में अपने काम से प्रेम होना चाहिए।

अभी यह है नहीं। इसके न होने की भी कुछ बुनियादी बाते हैं। इसके न होने का सबसे बड़ा कारण तो यह है कि जो छोटे काम हैं उन कामों में किसी आदमी को इज्जत नहीं मिलती है, प्रतिष्ठा नहीं मिलती है, रिस्पेक्ट नहीं मिलती है। बड़े काम जिनको हम कहते हैं, उनमें आदर मिलता है, इज्जत मिलती है। तो हर आदमी बड़ा काम करना चाहता है।

अगर अच्छी शिक्षा हो तो बच्चों को यह समझाया जाना चाहिए कि कोई काम छोटा और बड़ा नहीं है। एक चमार भी अगर अच्छे जूते सीता

है तो उनका ही आदर योग्य है जितना किसी राज्य का मंत्री है, अगर वह अच्छा काम करता है। अगर राज्य का मंत्री बुरा काम करता है तो अच्छे काम करने वाले चमार से भी उसको कम इज्जत मिलनी चाहिए। एक राष्ट्रपति को भी उतनी ही इज्जत मिलनी चाहिए जितनी एक चपरासी को। सवाल अच्छे और बुरे काम का होना चाहिए, सवाल पदों का नहीं होना चाहिए। पद का कोई मूल्य नहीं होना चाहिए। अगर दुनिया अच्छी होगी और जैसा मैंने कहा, अगर वह प्रतिस्पर्धा पर खड़ी नहीं होगी, तो दुनिया में पदों का कोई सवाल नहीं होगा। पदों का कोई सवाल है भी नहीं।

अब्राहम लिंकन प्रेसिडेंट हुआ अमरीका का। उसका बाप तो जूता सीता था, चमार था। जब वह प्रेसिडेंट हुआ और पहले दिन वहां की सीनेट में बोलने को खड़ा हुआ, तो अनेक लोगों को उसकी बड़ी पीड़ा हो गई कि एक चमार का लड़का और प्रेसिडेंट हो जाए मुल्क का। तो एक आदमी ने खड़े होकर व्यंग्य कर दिया और कहा कि महानुभाव लिंकन ज्यादा गुरूर में मत फूलो। मुझे अच्छी तरह याद है कि तुम्हारे पिता जूते सिया करते थे। तो जरा इस का खयाल रखना, कहीं प्रेसिडेंट होने में भूल जाओ।

और कोई आदमी होता तो दुःखी हो जाता, क्रोध से भर जाता। शायद गुस्से में आता और उस आदमी को कोई नुकसान पहुंचाता। प्रसिडेंट नुकसान पहुंचा सकता था। लेकिन लिंकन ने क्या कहा? लिंकन की आंखों में आंसू आ गए और उसने कहा कि तुमने ठीक समय पर मेरे पिता की मुझे याद दिला दी। आज वे दुनिया में नहीं हैं, लेकिन फिर भी मैं यह कह सकता हूं कि मेरे पिता ने कभी किसी के गलत जूते नहीं सिए हैं और जूते सीने में वे अद्‌भुत कुशल थे। वे इतने कुशल कारीगर थे जूता सीने में कि मुझे आज भी उनका नाम याद करके गौरव का अनुभव होता है। और मैं यह भी कह देना चाहता हूं- और यह बात लिख ली जाए, लिंकन ने कहा-कि जहां तक मैं समझता हूं, मैं उतना अच्छा प्रेसिडेंट नहीं हो सकूंगा, जितने अच्छे वे चमार थे। मैं उनके ऊपर नहीं निकल सकता हूं, उनकी कुशलता बेजोड़ थी।

यह एक समझ की बात है, एक बहुत गहरी समझ की। जब तक दुनिया में पदों के साथ इज्जत होगी, तब तक अच्छी दुनिया पैदा नहीं हो सकती और ईर्ष्या और प्रतिस्पर्धा काम के कारण नहीं है, प्रतिस्पर्धा है पदों के साथ जुड़े हुए आदर के कारण। कोई आदमी बागवान नहीं होना चाहता,

बागवान होने में कौन सी इज्जत मिलेगी? राष्ट्रपति होना चाहता है। यह तब तक चलेगा, जब तक हम गरीब बागवान को भी इज्जत देना शुरू नहीं करेंगे।

तुम्हारे घर में एक चपरासी है, बूढ़ा आदमी है। तुम उसको कोई इज्जत नहीं दोगे, उससे आदमी की तरह भी व्यवहार नहीं करोगे।

लेकिन तुम्हें शायद यह खयाल न हो, पदों से आदमीयत में कोई फर्क, नहीं पड़ता, और सच तो यह है कि दुनिया में जिन बड़े-बड़े पदों की बहुत इज्जत होती है, उन बड़े-बड़े लोगों ने जितने नुकसान पहुंचाए हैं, उतने छोटे-छोटे और निरीह लोगों ने कोई नुकसान नहीं पहुंचाए। दुनिया की सेवा छोटे-छोटे लोगों ने की है, दुनिया का काम छोटे-छोटे लोग चलाते रहे हैं, दुनिया की जिंदगी छोटे-छोटे लोगों पर निर्भर है। और जिनको हम बड़े-बड़े लोग कहते हैं–राष्ट्रपति हैं, और प्रधानमंत्री हैं और मंत्री हैं-इन सारे लोगों ने दुनिया में कोई अच्छी स्थिति में नहीं पहुंचाया है। इन सारे लोगों ने दुनिया को उपद्रवों में डाला है, परेशानियों में डाला है, दिक्कतों में डाला है। और जिंदगी चलाने वाले जो छोटे-छोटे लोग हैं उनका कोई आदर नहीं है, कोई सम्मान नहीं है। यह हमारी पूरी स्थिति गलत है।

जब मैंने यह कहा कि इस भांति का व्यक्तित्व होना चाहिए कि प्रतिस्पर्धा न हो, उसका मतलब है कि पूरी शिक्षा और ढंग की होनी चाहिए, पूरे समाज की व्यवस्था, सोचना और ढंग का होना चाहिए। और ढंग का हो सकता है- अगर बच्चे तैयारियां करेंगे, अगर छोटी लड़कियां और छोटे लड़के यह निर्णय करेंगे कि हम एक दूसरे तरह का समाज बनाना चाहते हैं, जहां हम काम को आदर देंगे, पदों को नहीं, जहां हम श्रम को आदर देंगे, धन को नहीं। अभी तो धन की प्रतिष्ठा है, श्रम की कोई प्रतिष्ठा नहीं। एक रद्दी से रद्दी आदमी बहुत बड़ा धनवान है तो तुम उसको आदर दोगे। और एक अच्छे से अच्छा आदमी जिसके पास कोई धन नहीं है, तुम उसकी तरफ मुंह उठाकर भी नहीं देखोगे।

यह तो गलत बात है, यह एकदम गलत बात है। आदर होना चाहिए अच्छे मनुष्य का, प्रेमपूर्ण मनुष्य का, सच्चे मनुष्य का। आदर होता है धनी का। जब कि हो सकता है धन इकट्ठा करने में उसने झूठ भी बोला हो, बेईमानी भी की हो, पाप भी किए हों, बुरा भी किया हो। लेकिन आदर उसका है जहां धन है। अच्छा समाज होगा तो वहां आदर काम का होगा,

श्रम का होगा, धन का नहीं। वहां आदर उन लोगों का होगा जो नींव की बुनियाद हैं, केवल उनका ही नहीं जो भवन के शिखर हैं।

तो ऐसे समाज की रचना के लिए और ऐसी शिक्षा के लिए जो मैंने बात कही उस पर विचार करना। तो तुम्हें दिखाई पड़ेगा कि भीतर का विकास भी हो सकता है, बाहर का भी, बिना किसी प्रतिस्पर्धा के।

और दूसरी बात यह पूछी है कि क्या प्रतिस्पर्धा हमेशा ही बुरी होती है, कभी अच्छी नहीं होती?

हां, प्रतिस्पर्धा कभी अच्छी नहीं हो सकती। नहीं इसलिए हो सकती है अच्छी, क्योंकि प्रतिस्पर्धा में तुम्हारा दूसरे के साथ हमेशा विचार जुड़ा हुआ है–उससे आगे होना है।

नहीं, विचार होना चाहिए– मुझे स्वयं को विकसित करना है, मुझे आज जहां मैं हूं, वहां से कल मुझे आगे होना है। दूसरे के आगे नहीं, मुझे स्वयं से प्रतिदिन आगे होते जाना है। प्रतिस्पर्धा में मुझे दूसरे से आगे होते जाना है और वास्तविक विकास में मुझे स्वयं से आगे होते जाना है। जहां आज सांझ का सूरज जिस जगह मुझे छोड़ गया है, सुबह उठते जब सूरज निकले तो मुझे उसी जगह न पाए, मुझमें कुछ विकास हो जाए। सुबह का उगने वाला सूरज जहां मुझे पाए, सांझ का डूबने वाला सूरज मुझे उसी जगह खड़ा न पाए, मुझमें कुछ विकास हो जाए। मैं आगे पहुंच जाऊं। मेरे जीवन में कुछ नया अनुभव, कुछ नया ज्ञान, कुछ नया प्रेम जागृत हो जाए।

यह अगर खयाल हो कि मुझे खुद के ही साथ सतत विकास करना है, तब तो जीवन अच्छा होता है। और जहां दूसरे के साथ स्पर्धा है वहां जीवन गलत हो जाता है। दूसरे के साथ किसी भी तरह की स्पर्धा शुभ नहीं है।

–ओशो

समाधि कमल, प्रवचन–9

सम्यक भोजन

एक ओर आप कहते हैं कि जो भी करो उसे समग्रता से करो और दूसरी ओर कहते हैं कि किसी चीज की अति मत को, मध्य में रहो। क्या इस विरोधाभास को दूर करने की अनुकम्पा करें?

आनंद मैत्रेय, विरोधाभास नहीं है। थोड़ा 'समग्रता' शब्द पर विचार करो। कुछ और शब्द इस सिलसिले में सोचो – संतुलन, समाधि, समन्वय, सम्यकत्व, समता, संबोधि, समवेत, समग्रता। इन सबका जन्म हुआ है एक छोटी-सी धातु से – 'सम'। सम का अर्थ होता है शांत। उसी से समता बनता है, उसी से समन्वय बनता है, उसी से संबोधि, उसी से समाधि। वही सम समग्रता में मौजूद है।

समग्रता अति पर नहीं होती, समग्रता कभी अति नहीं होती; क्योंकि सम अवस्था तो मध्य में ही होती है। तो जब मैं कहता हूं समग्रता से करो, तो मैं यह नहीं कह रहा हूं कि अतिपूर्वक करो। तुम्हें ऐसा खयाल आ सकता है। तुम्हें लगता है कि जब हम समग्रता से करेंगे तो अति हो जाएगी। अगर अति हो गई तो समग्रता से चूक गए। समग्रता से चूकने के दो उपाय हैं – बाएं जाओ या दाएं जाओ। दोनों ही स्थिति में समग्रता से चूक गये।

अब जैसे कि मैंने कहा कि भोजन समग्रता से करो और अति न हो; इन दोनों में विरोधाभास नहीं है। जो समग्रता से भोजन करेगा, वह ठीक उस समय रुक जाएगा जब शरीर कह देगा बस और शरीर हमेशा मध्य में बस कह देता है। न तो भूख लगी हो तो शरीर कहेगा बस और न तुम अतिशय भरते जाओ तो शरीर चुप रहेगा, नहीं कहेगा बस। अगर तुम भूखे हो, शरीर कहेगा – थोड़ा और। अगर तुमने ज़्यादा खाना शुरू कर दिया, शरीर कहेगा – बस अब नहीं, अब और नहीं।

शरीर कभी अति नहीं करता, अति करता है मन। इस बात को समझने की कोशिश करो। कोई पशु अति नहीं करता, नहीं तो पशुओं की हालत क्या होती। उनके पास तो कोई उपदेश देने वाला नहीं है। उनको कोई महात्मा गांधी और अन्य महात्मा इत्यादि तो मिले हुए नहीं हैं कि देखो ज्यादा घास मत खा जाना, कि आज उपवास कर लो, आज एकादशी है। लेकिन तुमने कोई पशु ज्यादा खाते देखा है? जंगल में जाकर जरा गौर करो, कोई पशु तुम्हें दिखाई पड़ता है जिसको तुम कह सको कि वह ज्यादा खा गया है? कोई पशु ऐसा दिखाई पड़ता है जो उपवास कर रहा हो?

मन नहीं है तो अति नहीं है। पशु उतना ही लेता है जितना शरीर को जरूरी है, वही लेता है जो जरूरी है। तुम अपनी गाय को छोड़ दो घास से भरे मैदान में, वह वही घास चुन लेती है जो उसके शरीर को रास आता है, बाकी घास छोड़ देती है। तुम बकरी को छोड़ दो जंगल में, वह अपने काम की बात चुन लेती है, अपने काम की पत्तियां चुन लेती है, बाकी सब छोड़ देती है। कौन कह रहा है उसे कि इस पत्ती को मत खा? हरी तो यह दिखाई पड़ती है। स्वाद इसमें भी हो सकता है, है ही, कुछ-न-कुछ स्वाद। लेकिन नहीं; जो उसके शरीर को रास पड़ता है, जो उसकी प्रकृति के अनुकूल है, जो उसकी प्रकृति को सम-अवस्था में रखता है, वही चुन लेती है। यह सहज हो रहा है। मन नहीं है वहां।

मन उपद्रव करता है। मन ही तुम्हें ज्यादा खिला देता है, क्योंकि मन कहता है कि हो जाए एक कचौड़ी और, स्वादिष्ट है। शरीर को सुनो तो पेट कर रहा है कि बस करो, अब कृपा करो, अब ज्यादा जो जाएगा। मगर शरीर की मन सुनने नहीं देता। और तुम्हें अक्सर समझाया गया है कि शरीर तुम्हारा दुश्मन है। शरीर तुम्हारा दुश्मन नहीं, मन तुम्हारा दुश्मन है और जिन्होंने तुम्हें समझाया है कि शरीर तुम्हारा दुश्मन है, उन्होंने बड़ी ग़लत बात समझा दी है। उनके कारण मन को तो तुमने मित्र मान लिया है, शरीर को दुश्मन मान लिया है। शरीर तो सहज प्राकृतिक है; मन में हैं सारे विकार, सारे उपद्रव। मन सुनता ही नहीं है। मन कहता है, स्वार्थ थोड़ा और ले लें, हो जाए थोड़ा और, क्या फर्क पड़ता है, ज़रा तकलीफ़ होगी पेट को तो हो लेगी। पेट तो कह रहा है कि बस, लेकिन पेट की तुम सुनते नहीं हो और तुम्हारे तथाकथित साधु पेट को गाली देते हैं।

समझो मन की। मन अति करवाता है। शरीर तो सदा ठीक समय पर ज़वाब दे देता है। वह तो एक इंच ऊपर नहीं जाने देगा, नीचे नहीं जाने देगा। लेकिन आदमी का मन बड़ा धोखेबाज है। मैंने कभी सुना है कि गंगा में पूर आया, किसी गांव में प्रांत के मुख्यमंत्री गये। उन्होंने इंजीनियरों से कहा कि बात क्या है, हालत क्या है, खतरे के निशान को पानी छू रहा है। तो मुख्यमंत्री ने कहा – "भाई! खतरे के निशान को छोड़ा ऊपर क्यों नहीं कर देते? कम-से-कम खतरे का निशान तो न छुए!" जैसे कि खतरे के निशान को ऊंचा कर देने से तुम गंगा को धोखा दे लोगे, कि किसको धोखा दे रहे हो? मगर यही हो रहा है। मन यही कर रहा है। मन ऐसी मूढ़तापूर्ण बातें कर रहा है और मन तुमसे अति करवा देता है। वह कहता है, खतरे के निशान ज़रा ऊपर कर दो। मत सुनो शरीर की, शरीर में क्या रखा है। शरीर तो अंधा है, शरीर को बुद्धि क्या है? क्या है? एक दिन ज्यादा खिला देता है मन, फिर दूसरे दिन तकलीफ़ होती है, तो मन कहता है अब उपवास करो– कि महीने में एक दिन तो उपवास करना ही चाहिए, कि सप्ताह में एक दिन तो उपवास स्वास्थ्य के लिए बहुत अच्छा है। अब उपवास करो। शरीर तब भी कहता है कि भाई भूख लगी है भोजन लो; तब मन कहता है उपवास करो। धीरे-धीरे मन की ये उल्टी-सीधी गतिविधियां शरीर की सूक्ष्म संवेदना को नष्ट कर देती हैं। फिर शरीर कुछ नहीं बोलता। जब उसकी सुनी नहीं जाती तो धीरे-धीरे मूक हो जाता है। इस मूक शरीर के साथ तुम अति कर लेते हो।

मनोवैज्ञानिकों ने प्रयोग किए हैं और बड़ी हैरानी के निष्कर्ष हाथ आये हैं। मनोवैज्ञानिकों ने प्रयोग किए हैं कि छोटे बच्चों को अगर भोजन के पास बिठा दिया जाए, तो तुम सोचते हो कि वे ज्यादा खा लेंगे, तुम ग़लत ख्याल में हो, वे ज्यादा नहीं खोते। ज्यादा उनके मां-बाप खिला देते हैं – कि और खाओ, कि खाओ तगड़े-तड़ंग होना है, कि थोड़े मस्त तो दिखो, यह क्या हालत है? जरा और खाओ। मां बैठी है छाती पर कि और खाओ, कि थोड़ा और। बच्चा किसी तरह रो रहा है, खा रहा है। तुम देखोगे कई बच्चों को रोते। उसका शरीर कह रहा है कि नहीं। उसका शीर कह रह है बाहर चलो, ज़रा कूदो, उछलो, वृक्षों पर चढ़ो और उसको खिलाया जा रहा है। डॉक्टर तो बता देते हैं कि हर तीन घंटे में बच्चे को दूध पिलाना है। बच्चा पीता ही नहीं है और वह मुंह फेर-फेर लेता है; मगर मां है कि दूध पिला रही

है, क्योंकि तीन घंटे हो गये। ये औसत नियम काम के नहीं हैं। जब बच्चे को भूख लगेगी, वह रोयेगा, वह ख़ुद ख़बर देगा। घड़ी देखने की जरूरत नहीं है; बच्चों को अलग-अलग भूख लगेगी। किसी को चार घंटे में लगेगी, किसी को तीन घंटे में, किसी को दो घंटे में भी लगेगी। अब बड़ी अड़चन हो गई, एक नियम बना लिया - औसत नियम।

वैज्ञानिकों ने इस बात की खोज की है कि शरीर घड़ी से चल रहा है। उसी हिसाब से तो स्त्रियों को ठीक 28 दिन में मासिक धर्म आ जाता है। शरीर के भीतर अपनी घड़ी है। उसी के अनुसार तुम्हें ठीक समय पर भूख लग जाती है। उसी के अनुसार तुम्हें ठीक समय पर नींद आ जाती है। उसी के अनुसार इशारे मिल जाते हैं कि पेट भर गया, बस अब रुक जाओ। तुम अगर शरीर की मानकर चलो तो कभी अति नहीं होगी। न तुम ज्यादा खाओगे, न तुम कम खालोगे और समग्रता होगी, आनंद होगा। तुम जितना भी खाओगे उसमें पूरा आनंद होगा, तुम पूरे डूबकर उस स्वाद को लोगे, क्योंकि स्वाद भी परमात्मा है। अन्न ब्रह्म! उसके साथ ही वही समादर, वही पूज्य भाव, वही पूजा जो मंदिर में होती है, अन्न के साथ भी होनी चाहिए, भोजन के साथ भी होनी चाहिए, जीवन की सारी प्रक्रियाओं में होनी चाहिए।

जब मैं कहता हूं कि समग्रता से जीयो तो मैं यह नहीं कह रहा हूं कि अति कर जाओ, मैं यही कह रहा हूं कि अगर समग्रता से जीना है तो सम को ध्यान में रखना होगा और 'सम' अनति है, मध्य है।

इसलिए समग्रता में जीना और अति न करना, इसमें कोई भी विरोध नहीं है। यह एक ही सिक्के के दो पहलू हैं।

- ओशो

(मरौ हे जोगी मरौ # 4)

जीएं : ऊर्जा भरा जीवन

हम दोहरे ढंग से जी रहे हैं। भीतर कुछ है, बाहर कुछ है। दोहरा ढंग भी होता है तो भी ठीक है। हम हज़ार ढंग से जी रहे हैं। एक ही साथ हज़ार बातें हमारे भीतर चल रही हैं। हमारे व्यक्तित्व में कोई प्रामाणिकता, कोई भी सच्चाई नहीं है। सारा व्यक्तित्व झूठ मालूम होता है। सारा व्यक्तित्व ही अभिनय का, एक्टिंग का मालूम होता है।

लेकिन आप किसको धोखा दे रहे हैं? किसके सामने यह अभिनय चल रहा है? किसी और को धोखा नहीं होगा। इस धोखा देने में स्वयं को ही जानने से वंचित रह जाएंगे, जीवन से संबंधित होने से वंचित रह जाएंगे। सब तरह का धोखा है, जो आदमी दे रहा है। सबसे गहरा धोखा मन के तलों पर है, जहां हमारी कोई भी चीज सच नहीं रह गई है।

कभी आपने सच में ही किसी को प्रेम किया है? समझदार लोग कहते हैं, प्रेम वगैरह कभी नहीं करते। व्यावहारिक लोग, जो प्रेक्टिकल लोग हैं, वे कभी प्रेम-व्रेम नहीं, सिर्फ प्रेम की बातें करते हैं। हमारे सारे भाव बातों तक सीमित रह गए हैं। कभी कोई जीवन की कोई भी अनुभूति ऐसी तीव्रता से हमने नहीं पकड़ ली है, जिसके लिए हम जी जाएं या जिसके लिए हम मर जाएं।

कोई आथेंटिक, कोई प्रामाणिक दांव हमारे जीवन में नहीं है। क्रोध भी हम करते हैं तो पोच, इंपोटेंट। उस क्रोध में भी कोई बल नहीं होता, कोई शक्ति नहीं होती। जो क्रोध भी नहीं कर सकता प्रामाणिक रूप से वह क्षमा कैसे कर सकेगा? क्षमा भी वही कर सकता है, जो क्रोध करने में समर्थ हो। मित्र भी वही हो सकता है, जो शत्रु होने में समर्थ हो।

लेकिन न तो हम शत्रु हो सकते हैं, न मित्र हो सकते हैं, हम बिल्कुल बीच में खड़े रह गए हैं। हम बिल्कुल त्रिशंकु हो गए। हमारे जीवन की कोई भाव-दिशा नहीं रह गई।

एक-एक ग्रामीण युवक, पुराने दिनों की बात है, क्योंकि अब तो दुनिया में ग्रामीण कोई भी नहीं रह गया है। ग्राम रह गए हैं, ग्रामीण कोई भी नहीं रह गया है। आदमी सब शहरी हैं। एक ग्रामीण युवक ने विवाह किया। यह अमेरिका के कोई दो सौ-ढाई सौ वर्ष पहले किसी गांव की घटना है। वह विवाह किया और अपनी नववधू, पत्नी को लेकर अपनी घोड़ा-गाड़ी में सवार होकर गांव की तरफ वापस लौटा। रास्ते में घोड़ा एक जगह ठिठक गया, रुक गया। उसने बहुत चलाने की कोशिश की, लेकिन नहीं चला। उसने घोड़े से कहा - ''दिस इज़ वन्स'', यह एक बार हुआ।

उसकी पत्नी कुछ भी न समझी कि घोड़े से क्या बात की जा रही है। फिर घोड़ा थोड़ी दूर चला और फिर ठिठक गया, उस जवान ने कहा - ''दिस इज़ ट्वाइस'', यह दोबारा हो गई बात।

उसकी पत्नी फिर भी चुप रही।

घोड़ा तीसरी बार ठिठका। उसने कहा - ''दिस इज़ थ्राइस।'' उठा, बंदूक उठाकर घोड़े को गोली मार दी। उसकी पत्नी तो हैरान रह गई। उसने उसे ज़ोर से धक्का मारा और कहा - ''यह क्या क्रूरता करते हो? यह क्या पागलपन करते हो?''

उसने जवाब दिया - ''दिस इज़ वन्स।'' उसने कहा - ''यह पहली बार हुआ।''

उसकी पत्नी तो दंग रह गई।

उस जवान ने कहा - ''दो मौके और बच गए।''

उसकी पत्नी ने लिखा है कि मैंने पहली बार उस व्यक्ति की तरफ देखा, जिसका क्रोध इतना ज्वलंत हो सकता है और मुझे पहली दफ़ा उसके व्यक्तित्व में एक बल और एक शक्ति और एक तेज का दर्शन हुआ।

नहीं, आपसे कह रहा हूं कि किसी को गोली मार दें, लेकिन उसकी पत्नी ने कहा कि वह व्यक्ति इतना ही प्रेम भी कर सका। मनुष्य जाति को, उसके जीवन को विषाक्त कर देने वाले जो शिक्षक हुए हैं, उन्होंने सब तरफ से इंपोटेंट कर दिया है, सब तरफ से पंगुता सिखाई है, सब तरफ से – जीवन के समस्त तीव्र भावों पर सब तरफ से रोक लगा दी है, सब तरफ से कैद कर दिया आदमी को। तब उसके भीतर कोई भी चीज बलशाली शेष नहीं रह गई है।

अकबर के दरबार में एक सुबह एक घटना घट गई। दो राजपूत युवक

आए हैं। नंगी तलवारें उनके हाथों में हैं और अकबर के सिंहासन के सामने वे खड़े हो गए और उन्होंने कहा – ''हम दो राजपूत जवान हैं, हम दोनों जुड़वां भाई हैं और हम दोनों तलाश में निकले हैं, नौकरी चाहिए।''

अबकर ने पूछा – ''तुम्हारी योग्यता क्या है?''

उन्होंने कहा – ''हम बहादुर हैं और हमारी कोई योग्यता नहीं है।''

अकबर ने कहा – ''कोई प्रमाणपत्र, कोई सर्टीफिकेट लाये हो?''

उन दोनों की आंखें ऐसे चमक उठीं जैसे दो अंगारे। उनकी तलवारें म्यानों के बाहर हा गईं और एक-दूसरे की छाती में एक क्षण में प्रविष्ट हो गईं। एक क्षण के बाद दो लाशें पड़ी थीं और ख़ून के फव्वारे बह गए थे।

अकबर तो घबराया, उसके तो हाथ-पैर कांप गए, उसने अपने राजपूत सेनापति को बुलाया और कहा कि यह क्या हुआ? मैंने तो छोटी-सी बात कही थी कि कोई प्रमाणपत्र लाए हो बहादुरी का?

वह राजपूत सेनापति बोला – ''ग़लत बात कही थी आपने। राजपूत से कहीं ऐसा पूछना होता है – बहादुरी का प्रमाणपत्र। और बहादुरी के कोई प्रमाणपत्र होते हैं सिवाय इसके कि कोई ज़िंदगी दांव पर लगाकर दिखा दे। और क्या प्रमाणपत्र हो सकता है? कोई कागज़ के सर्टिफिकेट होते हैं बहादुरी के? उन दोनों ने दिखा दिया कि बहादुरी का क्या मतलब होता है, एक ही मतलब होता है कि आदमी मौत के सामने खड़ा हो सकता है निर्भय। और कोई मतलब नहीं होता बहादुरी का। और बहादुरी का कोई प्रमाणपत्र नहीं होता। और जो बहादुरी का प्रमाणपत्र लिए फिरता हो, उस आदमी से ज्यादा कायर कोई आदमी नहीं हो सकता है। असल में प्रमाणपत्र कायर ही ढोते हैं और कोई प्रमाणपत्र नहीं लिए घूमता है।''

अकबर ने अपने संस्मरणों में लिखवाया है कि वह बात तो मुझे याद रह गई। मैंने तो जिंदा आदमी देखे थे। एक क्षण में, एक तीव्रता में – एक प्रामाणिक जीवन देखा था, एक क्षण में वह चमक देखी थी, जो आदमी की चमक है।

लेकिन हम सबके जीवन से आदमी की चमक विलीन हो गई। न कभी वहां क्रोध चमकता है कि बिजली की लौ पैदा हो जाए, न कभी प्रेम। वहां कोई चमक ही नहीं है। हम बिल्कुल बिना चमक के, बिना विद्युत के, बिना बल के, बिना शक्ति के लोग होते चले गए हैं।

जीवन से हमारा संबंध नहीं हो सकता है। जीवन से संबंधित होने के लिए शास्त्रों का अध्ययन नहीं, जीवन से संबंधित होने के लिए मंदिरों की

प्रार्थनाएं नहीं, जीवन से संबंधित होने के लिए – इंटेसिटी, तीव्रता का जीवन चाहिए।

एक ही प्रार्थना है जीवन – देवता के मंदिर में – वह है इंटेस लिविंग, वह है तीव्र जीवन, वह है उद्दाम जीवन; वह है बल, शक्तिशाली जीवन, ऊर्जा से भरा जीवन।

हम सब बिना ऊर्जा के जीते चले जाते हैं। चलते नहीं हैं रास्तों पर, जैसे धक्के खाते हैं।

मेरी दृष्टि में जीवन की कला की पहली शिक्षा जो हो सकती है, वह यह है कि हम जीवन को कितनी तीव्रता से ले सकें। एक-एक क्षण को तीव्रता से ले सकें। जैसे एक-एक क्षण ही हमारा जीवन दांव पर लगा हो। कौन जानता है, एक क्षण के बाद जीवन आए-न-आए, श्वास आए-न-आए।

सच्चाई यही है कि एक-एक क्षण जीवन दांव पर लगा हुआ है। अभी आप यहां बैठे हैं इतनी सुस्ती से, इतने आराम से। अगर आपको ख़बर की जाए कि बस घंटा भर है आपके जीवन के लिए – वह घंटा क्या होगा? या आपको कहा जाए कि बस एक क्षण और है, यह अंतिम क्षण है। उस क्षण में आप कैसे जीएंगे?

सच्चाई भी यह है कि एक आदमी को एक क्षण से ज़्यादा जीवन मिला हुआ नहीं है। दूसरे क्षण का कोई भरोसा नहीं है। वह आए और न आए। जो क्षण मेरे हाथ में है, वही मेरे हाथ में है। अगर उस क्षण को मैं अपनी पूरी शक्ति से नहीं जीता हूं, तो मैं जीवन की कला कभी नहीं सीख पाऊंगा। अगर मैं भोजन कर रहा हूं, तो कौन जानता है, दोबारा भोजन कर सकूंगा कि नहीं। अगर मैं किसी को प्रेम कर रहा हूं, तो कौन जानता है दोबारा यह प्रेम का क्षण आएगा या नहीं। अगर मैं आकाश के तारे देख रहा हूं, तो कौन कह सकता है कि दोबारा ये तारे मुझे देखने को मिलेंगे कि नहीं।

तो एक ही बात हो सकती है, जीवन की कला का पहला सूत्र यही हो सकता है कि जो भी मैं कर रहा हूं, जिस क्षण से भी गुजर रहा हूं, जो भी मैं हूं, वह मैं समग्रता से हो जाऊं, वह पूर्णता से मैं हो जाऊं। वह मेरा टोटल, वह मेरा समग्र जीवन का केंद्रित अणु बन जाए, क्योंकि उसके बाहर का कुछ भी पता नहीं है। उसका कुछ भी पता नहीं है।

आज रात जब आप सोएं तो क्या पता है कि कल सुबह आप उठेंगे। तो फिर आज पूरी तरह सो लें, क्योंकि दुबारा सोना आएगा कि नहीं, नहं

कहा जा सकता। और अगर मित्र को विदा देने गए हैं तो वह विदा इतनी संपूर्ण हो, इतनी परिपूर्ण हो, कि कौन जाने वह मित्र दोबारा मिलेंगे कि नहीं।

लेकिन हम ऐसे ढीले-ढाले जीते हैं कि वहां हमारे जीवन में क्षणों की तीव्रता का कोई बोध ही नहीं है, कोई स्पष्टता ही नहीं है। हम ऐसे जीते हैं, जैसे हमेशा जीने को है। हम ऐसे जीते हैं जैसे सुस्ती से और आहिस्ता से, जैसे जीवन एक लेजीनेस है, एक आलस्य है, एक प्रमाद है।

जीवन एक तीव्रता है। और जो तीव्रता से जीता है, वह जीवन के मंदिर में उतना ही गहरा प्रविष्ट हो जाता है।

लेकिन तीव्रता तो सिखाई नहीं जाती। न हम रोते हैं कभी तीव्रता से कि हमारे सारे प्राण आंसू बन जाएं। तब वे आंसू भी अद्‌भुत हो जाते हैं, जो पूरे प्राणों से आते हैं। तब उन आंसुओं का मोल बहुत ज़्यादा है। तब वे कहीं भी हीरे-जवाहरातों, किन्हीं भी मोतियों से ज्यादा बहुमूल्य है। वे आंसू जो पूरे प्राणों की झलक लेकर आते हैं, एक बार भी वैसा आदमी जब रो लेता है, तो रोने के द्वार पर ही वह जीवन से संबंधित हो जाता है। या कि जब हम मुस्कुराएं तो वह हमारे पूरे प्राणों की मुस्कुराहट हो। तो वह मुस्कुराहट भी हमें उसे तीव्रता में ले जाती है।

जीवन का प्रत्येक अनुभव तीव्रता बने, इंटेसिटि ले।

लेकिन क्या हमारे जीवन में ऐसी तीव्रता है? नहीं है तो फिर जीवन एक बंधन मालूम होगा। और वह जीवन का कसूर नहीं। वह आपके शिथिल, अतीव्र, ढीले-ढाले, सुस्त और प्रमादी जीवन का लक्षण है। वह आप जीना नहीं सीखे, इस बात का सबूत है।

जीना मेरी दृष्टि में, या कभी भी जब जीवन को आप जानेंगे तो आपकी दृष्टि में भी प्रति पल एक दांव है, एक जुआ है, उस पर सब कुछ लगा देना है। जो सब कुछ लगा देता है, वही सब कुछ को जान भी पाता है। हम कुछ लगाते ही नहीं। हमारा सब झूठा, सब शाब्दिक है। न हमने कभी श्रद्धा की है पूरे प्राणों से, न कभी प्रेम किया है, न कभी हंसे हैं, न कभी रोए हैं।

एक स्मरण मुझे आता है कि विजयनगर के राज्य में, एक बहुत बड़ा संगीतज्ञ हुआ। उसकी 70वीं वर्षगांठ राजधानी में मनाई गई, राजदरबार में मनाई गई थी। दूर-दूर से उसे प्रेम करने वाले और उसे श्रद्धा करने वाले लोग इकट्ठे हुए थे। वे अनेकानेक भेंट लाए बहुमूल्य-से-बहुमूल्य। राजा आए थे, धनपति आए थे, बड़े कुशल संगीतज्ञ आये थे। सब भेंट लाए थे राजमहल में। दरबार भेंटों से भर गया था।

और तभी द्वार पर एक भिखमंगे ने आकर ख़बर दी कि मैं भी कुछ भेंट लाया हूं। मुझे भी भीतर प्रवेश मिल जाए। लेकिन कपड़े उसके फटे थे, दीन-दरिद्र था। द्वारपाल लौटाने लगा। वह रोने लगा और उसने कहा – "क्या करते हैं, मैं भी कुछ भेंट लाया हूं, मुझे भीतर जाने दें।"

लेकिन भिखमंगे को कौन भीतर जाने दे? लेकिन उसकी आवाज़, उसका रोना, उसका चिल्लाना भीतर तक पहुंच गया। संगीतज्ञ को ख़बर मिली। उसने कहा – "जरूर आ जाने दें, जो भी वह लाया हो, भिखमंगा ही सही। भेंट तो प्रेम की होती है। जरूर कुछ लाया होगा।"

वह भिखमंगा ज़्यादा उम्र का नहीं था, मुश्किल से चालीस वर्ष उसकी उम्र थी। वह द्वार पर आया, हज़ारों लोग राज-दरबार में थे। वह भीतर लाया गया। वह संगीतज्ञ के चरणों में झुका और उसने कहा – "हे परमात्मा! मेरी शेष उम्र संगीतज्ञ को दे दो।" और उसी क्षण उसके प्राण निकल गए।

यह ऐतिहासिक घटना है, कोई कहानी नहीं। वहां खड़े हज़ारों लोग दंग रह गए। ऐसी भेंट न तो कभी देखी गई थी, न सुनी गई थी। लेकिन पूर्णता के क्षणों में ही ऐसी संभावना घटित हो सकती है। पूरे प्राण फिर जो भी चाहते हैं, वह अगर घटित हो जाए तो कोई मिरेकल नहीं, कोई चमत्कार नहीं। पूरे प्राणों से उठी प्रार्थना उठने के पहले पूरी हो जाती है और पूरे प्राणों से चाहे गए स्वप्न रूप लेने के पहले यथार्थ हो जाते हैं।

जिए : पूरे प्राणों से

लेकिन पूरे प्राणों से न हमने कभी कुछ चाहा है, न पूरे प्राणों से हमने जीने की कला सीखी है, इसलिए जीवन एक बंधन मालूम होता है। पूरे प्राणों से जो जीता है, वह निरंतर स्वतंत्रता में जीता है, वह हमेशा फ्रीडम में जीता है। उसके लिए कोई मोक्ष कहीं नहीं। प्रति पल वह मोक्ष में जीता है, इसलिए कोई मोक्ष स्वर्ग में नहीं है, कोई मोक्ष आकाश में नहीं है। वह है जीवन की परिपूर्णता से जीने की कला में।

मैं आपसे यह कहूंगा कि एक-एक पल को प्रामाणिक रूप से जीने की हिम्मत, साहस और कोशिश, स्मरणपूर्वक, माइंडफुली – एक-एक क्षण को पूरी तीव्रता से जीने का प्रयास साधना का अनिवार्य अंग है। तो अब जब रोएं तो परिपूर्णता से, पूरे प्राणों से, हंसे तो पूरे प्राणों से। भोजन भी तो पूरे प्राणों से। स्मरण भी तो पूरे प्राणों से, सोएं भी, उठें भी तो पूरे प्राणों से।

जैसे प्रति पल जो आ रहा है, वह दोबारा नहीं आएगा। वह एक ही बार अनुभव से गुज़रता है। उस रास्ते से दोबारा गुज़रने की कोई संभावना नहीं है। वह पल फिर न आएगा, वह अवसर फिर न आएगा। तो जिसे एक बार गुज़रना है, मैं पूरे होश से, पूरा जागा हुआ, पूरे प्राणों से गुज़र जाऊं। मेरा टोटल व्यक्तित्व, मेरा समग्र व्यक्तित्व समाहित हो जाए, संलग्न हो जाए, एक तान हो जाए, जो धीरे-धीरे आपको दिखाई पड़ना शुरू होगा कि जीवन के बंधन गिरने लगे। बंधन आपके शिथिल जीने में थे। तीव्रता से जीते ही तत्क्षण गिर जाते हैं।

लेकिन प्रयोग करना पड़े। साधना करनी पड़े, उस दिशा में कुछ क़दम उठाने पड़े, उस दिशा में कुछ स्मरणपूर्वक रोज-रोज, प्रति पल होश रखना पड़े कि मैं कहीं झूठा जीना तो शुरू नहीं कर रहा हूं।

पति है, वह अपनी पत्नी से रोज कहे जाता है कि "मैं तुझे प्रेम करता हूं।" और जब कहता है तब उसे पता भी नहीं है कि वह क्या कर रहा है। शब्द ऐसे कह रहा है, जैसे किसी ग्रामोफोन रिकॉर्ड से निकलते हों, जिनमें न कोई प्राण है, न कोई अर्थ है। पत्नी भी जानती है। वह भी जानता है। पत्नी भी कहे जा रही है कि "हम तुम्हें प्रेम करते हैं हम जान लगा देंगे, तुम्हारे बिना एक क्षण नहीं जी सकते।"

और इन शब्दों के पीछे प्राणों की कोई गवाही नहीं। ये शब्द झूठे हैं। मत कहें। चुप बैठे रहें, वह बेहतर है, लेकिन मत कहें इनको। इनको कहकर आप सारे व्यक्तित्व को जाल में कस रहे हैं अपने हाथ से।

जिनके प्रति हमें कोई श्रद्धा नहीं, वहां हम सिर झुकाए चले जा रहे हैं। जिन मंदिरों में हमें पत्थर दिखाई पड़ते हैं, वहां हम पूजा किए चले जा रहे हैं। जिन शास्त्रों में हमें किसी सत्य का कोई दर्शन नहीं हुआ, उन्हें हम सिर पर लिए बैठे हैं। सारा व्यक्तित्व झूठा है।

तो इस झूठे व्यक्तित्व से जीवन के सत्य की तरफ कैसे कोई मार्ग बने, कैसे कोई द्वार खुले, कैसे कोई कदम उठे?

जीवन एक द्वार बन जाए

एक स्मरण मुझे आता है। एक मित्र, एक संन्यासी, मेरे पास कुछ दिन मेहमान थे। आते ही मेरे आस-पास जो बड़ी बगिया थी, जिसमें बहुत फूल थे; आते ही उन्होंने फूलों को ऐसे देखा है, जैसे कोई शत्रु को देखता हो।

उन्होंने मुझसे कहा – "आपको भी फूलों से प्रेम है। आपको भी फूलों से कोई लगाव है।"

मैं चुप रह गया, क्योंकि जो फूलों को भी न समझ पा रहा हो, वह फूलों की प्रशंसा से कहीं किसी बात को समझ पाएगा, इसकी कोई आशा न थी। फिर रात हुई और एक मित्र कुछ गीत सुनाने आए थे तो मैं भी गीत सुनने बैठ गया। उन संन्यासी ने कहा – "आपको गीतों से भी लगाव है, गीतों से भी प्रेम है।"

मैं फिर हंसा और चुप रह गया, क्योंकि जो गीत ही न समझ पा रहा हो, गीत की प्रशंसा में कही गई बात को समझ सकेगा, इसकी कोई आशा न थी।

फिर रात हम खाना खाने बैठे। वे इस भांति खाना खाने लगे, जैसे कोई एक बोझ भरा काम कर रहा हो, कोई एक जबरदस्ती कोई एक नेसेसरी ईविल, कोई एक आवश्यक बुराई है, जो करनी पड़ रही है, मजबूरी है कि भोजन खाना पड़ रहा है, वैसे वे भोजन करने लगे। मैंने उनसे कहा – "आप यह क्या कर रहे हैं?"

उन्होंने कहा – "मैं अस्वादी का व्रती हूं, अस्वाद का व्रत लिया हुआ है। भोजन ऐसे करना है, जैसे कोई मिट्टी खा रहा हो। कोई स्वाद नहीं लेना है।"

मैंने कहा – "यह तो मैं समझ गया था। जब फूलों को देखकर आपके हृदय में जो भाव उठा, जब गीत को सुनकर, जो भाव उठा, तभी मैं समझ गया था, क्योंकि अगर हम ठीक से देखें तो फूल आंख का आहार है और गीत और संगीत कान का आहार है। सब भोजन है।

जीवन चारों तरफ एक भोजन है, एक आहार है।

आंख जब हरे वृक्ष को देखकर आनंदित होती है तो आंख को भोजन मिल गया और कान जब वीणा को सुनकर प्रफुल्लित हो उठते हैं तो उन्हें भी भोजन मिल गया। चौबीस घंटे सभी इंद्रियों से आहार चल रहा है। परमात्मा बहुत द्वारों से प्रवेश पा रहा है। परमात्मा के ये सभी प्रवेश आनंद से गृहीत हों; स्वागत से, अनुग्रह से, ग्रैटिट्यूड से भरे हुए हों, तो वैसे आदमी का संबंध जीवन से हो सकता है।

लेकिन जो इन सभी द्वारों पर घृणा का भाव लिए खड़ा हो, विरोध , शत्रुता लिए खड़ा हो; जो कान इसलिए बंद कर लेता हो कि संगीत न

सुनाई पड़ जाए, जो स्वाद का इसलिए शत्रु हो जाता हो, जो आंख इसलिए बंद कर लेता हो। आंख फोड़ लेने वाले लोग भी हुए हैं, उन्होंने अपनी आंख फोड़ ली। इसके तो वे मालिक थे, लेकिन उनके प्रभावों में सारी मनुष्य जाति की आंखें धुंधली हो गई हैं – इसका उनको कोई हक़ नहीं था।

आंखें फोड़ ली हैं लोगों ने कहीं रूप आकर्षित न कर लें। जीवन जहां-जहां से प्रवेश पा सकता है मनुष्य के भीतर, वे सारे द्वार बंद कर लेते हैं। ऐसे बंद द्वारों वाला व्यक्ति अहंकार को तो उपलब्ध हो सकता है, ब्रह्म भाव को कभी उलपब्ध नहीं हो सकता है। ऐसा व्यक्ति धीरे-धीरे यह भाव से तो भर सकता है कि मैं कुछ हूं, लेकिन जीवन क्या है, इसका उसे कोई ओर-छोर नहीं मिल सकता है।

जीवन को जानने की संभावना तो तभी है, जब हमारा सारा व्यक्तित्व एक ओपनिंग, एक द्वार बन जाए। गीत के लिए, हवाओं के लिए, सौंदर्य के लिए, संगीत के लिए, स्वाद के लिए, सुगंध के लिए, सब तरफ हमारा जीवन एक द्वार बन जाए।

साधक मेरी दृष्टि में एक द्वार बन जाता है। सब भांति से एक द्वार बन जाता है। जीवन का जो क्षुद्रतम है, वह भी उसे विराट का ही अंग प्रतीत होता है। वह जो छोटे-छोटे अणु हैं, वह भी उसे ब्रह्मांड ही प्रतीत होते हैं। वह जो छोटा-सा फूल खिल जाता है, यह जो कोयल कहीं बोल रही है, अनजान में, यह सब उसके प्राणों के अंतर्गीत बन जाते हैं, अंतर्नाद बन जाता है। वह सब स्वीकार कर लेता है। जीवन जो भी देता है, सभी को अनुग्रह से स्वीकार कर लेता है। भोजन करना भी उसे प्रार्थना के तुल्य है, स्नान करना भी उसे पूजा की भांति है। हवाओं में श्वास लेना भी उसे भगवान के लिए धन्यवाद है।

जीवन से संबंध और आत्म-ऐक्य तभी हो सकता है, जब जीवन के प्रति निंदा का भाव गिर जाए।

लॉफिंग सेंट्स

तीन संतों की बाबत मैंने सुना है। वे तिब्बत में हुए। और 'तीन हंसते हुए संत', ही उनका नाम था, उनका कोई और नाम न था - थ्री लॉफिंग सेंट्स। इस तरह ही वे जाने जाते थे। वे जिस गांव में जाते, उस गांव में हंसी

की, खुशी की एक लहर पहुंच जाती। वे हंसते, वे इतना हंसते कि हंसना संक्रामक हो जाता और धीरे-धीरे पूरा गांव हंसने लगता। वे जिस चौराहे पर खड़े हो जाते, वहां हंसी के फव्वारे छूट जाते।

लोग उनसे पूछते, आपका कोई उपेदश नहीं है? वे कहते, एक ही हमारा उपदेश है कि जीवन को हंसी के भाव से स्वीकार कर लो। जीवन को रोते हुए, स्वीकार जो करेगा, जीवन से उसका कोई संबंध नहीं हो सकता। वे लोगों से कहते कि रोते हुए आंसुओं से भरे हुए, कोई आदमी प्रभु के मंदिर में न कभी प्रविष्ट हुआ है, और न कभी हो सकेगा। मुस्कुराहट तो उसका मार्ग बन सकती है। मुस्कुराहटों के इंद्रधनुष तो उस तक पहुंचने के सेतु हो सकते हैं, लेकिन रोती हुई सूरतें नहीं। एक ही **हमारा संदेश है कि लोग प्रफुल्लित मन से जीवन को अंगीकार करना सीख जाएं।**

वे तीनों बूढ़े हो गए और गांव-गांव भटकते रहे। मुझे पता नहीं, वैसे संत कहीं और भी हुए हों। काश! वैसे संत और कहीं भी होते तो यह दुनिया आज दूसरी होती। फिर उन तीनों में से – वे तीनों बूढ़े हो गए और एक संत की मृत्यु हो गई। जिस गांव के एक संत की मृत्यु हुई, गांव के लोगों ने कहा - "अब तो रोएंगे वे जरूर, अब तो दुःखी होंगे, आज तो हम उनकी आंखों से आंसू देख लेंगे।"

गांव के लोग एकत्र हो गए झोपड़े के पास, लेकिन वे दोनों हंसते हुए मृतक साथी को लेकर बाहर निकले और उन्होंने गांव के लोगों से कहा कि आओ और देखो, कितना अद्‌भुत आदमी था यह। लोगों ने देखा, उसकी लाश पड़ी है, लेकिन उसके होंठ मुस्कुरा रहे हैं। वह जो आदमी मर गया है, वह हंसते हुए ही मर गया है। और मरते वक्त कह गया है कि अपने मित्रों पर एक कृपा करना, मुझे जब ले जाकर, मेरी अरथी को तुम जलती हुई लकड़ियों पर रखो तो मेरे वस्त्र मत निकालना, मुझे स्नान मत कराना।

तिब्बत में वैसा रिवाज़, आदमी मर जाए तो कपड़े निकालना, स्नान करना, नये कपड़े पहनाने। एक नई यात्रा पर कोई जाता है तो उसे नये कपड़े तो कम-से-कम पहना ही देने चाहिए। लेकिन वह आदमी कह गया है कि नहीं, मेरे कपड़े मत बदलना, मुझे स्नान मत कराना, इन्हीं कपड़ों में मुझे चिता पर चढ़ा देना।

फिर वह सारा गांव संत की अरथी को लेकर मरघट पहुंच गया। हज़ारों लोग एकत्र हो गए हैं, चिता जल गई है, अरथी रख दी गई है। जैसे ही आग लगी है, शरीर जलना शुरू हुआ है, अरथी को चिता पर चढ़ा दिया गया है। आग लग गई है, लोग उदास खड़े हैं। हज़ारों की भीड़ है, लेकिन फिर एकदम धीरे-धीरे भीड़ में हंसी छूटने लगी। लोग हंसने लगे। हंसी फैलती चली गई, हंसी बिल्कुल संक्रामक हो गई। क्या हो गया था?

जैसे ही लाश में आग लगी, लोगों को पता चला कि वह आदमी अपने कपड़ों के भीतर पटाखे, फुलझड़ी छिपाकर मर गया है। कपड़े में उसने भीतर पटाखे, फुलझड़ी छिपा रखे हैं। लाश में आग लगी है, पटाखे फूटने लगते हैं, फुलझड़ियां छूटने लगती हैं और लोग हंसने लगते हैं और वे कहने लगे कि अद्भुत था वह आदमी। वह मरा हंसता हुआ, जीया हंसता हुआ और मरने के बाद भी लोग उसे हंसते ही विदाई दें, इसकी भी व्यवस्था इसका भी आयोजन कर गया।

उस गांव के लोगों को पता चला, हंसते हुए जीया जा सकता है, हंसते हुए मरा जा सकता है। मरने के बाद भी पीछे हंसी की संभावना पैदा की जा सकती है। ऐसे व्यक्ति को मैं धार्मिक व्यक्ति कहता हूं।

अंगूर खट्टे नहीं हैं

रोते, उदास लोगों को विदा कर दें। धर्म उनसे बहुत पीड़ित हो चुका। मनुष्य के जीवन में मनुष्यता के ऊपर जो सबसे बड़े दुर्भाग्य गिरे, वह रोते हुए लोगों का प्रभाव है। रोते हुए लोगों से हम पीड़ित हैं, रुग्ण और उदास लोगों से हम पीड़ित हैं। जो लोग जीवन की खुशी को उपलब्ध नहीं कर पाते, उनकी स्थिति वैसी ही है, जैसी उस लोमड़ी की आपने सुनी होगी, जो अंगूरों की एक बेल के नीचे पहुंच गई थी जहां पके हुए अंगूर लटके थे, उन्हें देखकर वह छलांग लगाने लगी, लेकिन बेल ऊंची थी और लोमड़ी वहां तक नहीं पहुंच सकी वहां तक, तो वह वापस लौट पड़ी और रास्ते में कहती गई, खट्टे अंगूर हैं, उन्हें पाने की भी क्या ज़रूरत है।

जीवन के आनंद को, जीवन के फूलों को और जीवन के गीतों को, जो उपलब्ध नहीं कर पाते, वे कहते हैं, जीवन खट्टा है, अंगूर खट्टे हैं, जीवन बुरा है, जीवन असार है, अपनी असफलता को वे जीवन की निंदा

में छिपा लेते हैं और जिन्हें जीवन के ही अंगूर नहीं मिल पाए, उन्हें परमात्मा के अंगूर मिल जाएंगे, इसकी कोई उम्मीद नहीं है।

जीवन के रस से तो यह पता मिल सकता था कि परमात्मा कहां है, लेकिन जीवन से विरक्त होकर तो उसका पता-ठिकाना भी नहीं मिल सकेगा। जीवन के भीतर जाकर तो ख़बर मिल सकती थी कि रास्ता कहां ले जाता है, प्रभु तक कैसे जाएगा, लेकिन जीवंत को ही पीठ करके, जो खड़े हो गए हों, उनके लिए कोई रास्ता नहीं।

प्रभु कहीं भी है अगर, तो जीवन के भीतर, जीवन के विरोध में नहीं, जीवन के विपरीत नहीं।

लेकिन अस्वस्थ, रुग्ण, हारे हुए लोग, पराजित लोग अपने को दोष न देकर जीवन को ही दोष दे देते हैं। हारा हुआ आदमी हमेशा इसी कोशिश में होता है कि कोई बहाना मिल जाए, खुद को दोष न देना पड़े। हारे हुए लोग – स्मरण रखिए, हारे हुए लोग अब तक धर्म में उत्सुक होते रहे हैं। हारे हुए लोगों की ज़मात धर्म के आस-पास एकत्र हो गई है। मंदिरों और मस्ज़िदों में जाइए, वहां हारे और पराजित लोग दिखाई पड़ेंगे। आदमी जब मरने के करीब पहुंचने लगता है, जब जीवन पर सारी उंगलियां छूट जाती हैं, बूढ़ा होने लगता है, लगता है जीवन अब गया, तब गया, तब वह मंदिर की यात्रा शुरू कर देता है, तब वह सोचता है कि अब मंदिर का वक्त आ गया है।

जब जीवन का वक्त गुज़र जाता है, तब मंदिर का वक्त आता है। अगर कहीं कोई मंदिर है तो जीवन के घनेपन में है।

यह जो उदास, यह जो निराश, यह जो असफल लोगों का समूह है, इसने धर्म को आक्रांत कर रखा है। मैं आपसे निवेदन करना चाहता हूं, अपने को उदास और रोते हुए लोगों से मुक्त कर लीजिए। रुग्ण, अस्वस्थ, विक्षिप्त लोगों से मुक्त कर लीजिए। अगर जीवन के अंगूर न मिलते हो तो खट्टे मत कहिए। यही कहिए कि मेरी छलांग छोटी है।

छलांग बड़ी की जा सकती है। साधक छलांग बड़ी करने का प्रयास करता है। पलायनवादी एस्केपिस्ट कहता है - अंगूर खट्टे हैं और लौट जाता है।

छलांग बड़ी करिए। जीवन हाथ में न आता हो तो हाथ और बढ़ाइए। आंखें न देख पाती हों तो आंखों को और खोलिए। कान न सुन पाते हों तो

कानों को और प्रशिक्षण दीजिए। भोजन न मिल पाता हो तो परमात्मा, तो अस्वाद पर मत लौट जाइए, क्योंकि अस्वाद अंगूरों को खट्टा कहने की दलील है, तो स्वाद को और शिक्षित कीजिए। स्वाद को और साधिए, क्योंकि जो लोग जानते थे, उन्हें अन्न में भी ब्रह्म दिखाई पड़ सका है। जो लोग जानते हैं, उन्हें स्वर में भी ब्रह्म दिखाई पड़ सकता है। जो लोग जानते हैं उन्हें रूप में भी उसके ही दर्शन हो सके हैं। सौंदर्य भी उन्हें उसकी ही ख़बर बन गई। सब कुछ उसकी ही ख़बर बन गया है। शरीर का सौंदर्य भी भीतर छिपे परमात्मा की ख़बर बन जाता है, लेकिन देखने वाली आंख चाहिए।

आंख मत फोड़िए। आंख को शिक्षित करिए।

इंद्रियों की शिक्षा है साधना। इंद्रियों का विरोध नहीं, दमन नहीं, सप्रेशन नहीं। एक-एक इंद्री ऐसी साधी जा सकती है कि उसके द्वार से प्रभु तक पहुंचने का मार्ग बन जाए।

तो मैं आपसे कहूंगा, स्वाद है तो पूर्ण स्वाद लीजिए, अस्वाद नहीं। भोजन कर रहे हो तो ऐसा करिए कि भोजन करना ही एकमात्र कृत्य रह जाए। सारा प्राण, सारी देह, सारी शक्ति, समग्र चेतना भोजन करे। ज़रा-सा स्वाद छूट न जाए। स्वाद में इतनी लीनता, इतनी तल्लीनता, इतना आत्मभाव। फिर आपको पता चलेगा कि अन्न ब्रह्म हो जाता है। फिर आपको पता चलेगा कि स्वाद भी उसकी ख़बर है और तब भोजन करके अगर आपका हृदय धन्यवाद से भर जाए, परमात्मा के लिए तो आश्चर्य नहीं। तब सौंदर्य को भी देखिए और परिपूर्ण तल्लीनता से, परिपूर्ण एकात्मभाव से और तब आपको सौंदर्य के पीछे अरूप के दर्शन होने लगें, तो आश्चर्य नहीं।

मन का द्वार खोलें। समस्त आकर्षण के लिए द्वार खोल दें। जीवन के समस्त स्वाद के लिए द्वार खोल दें। जीवन के प्रत्येक अनुभव में आनंद की गहरी-से-गहरी खोज और आत्मलीनता खोजें, तल्लीनता खोजें और जीवन की जो मधु-वर्षा हो रही है, उसमें डूब जाएं, उसमें एक हो जाएं, उससे जुड़ जाएं, उसके और अपने बीच कोई फासला न रखें। जैसा एक सूखा पत्ता हवा में उड़ता है, हवा पूरब ले जाती है तो पूरब चला जाता है, हवा पश्चिम ले जाती है तो पश्चिम चला जाता है। हवा ज़मीन पर गिरा देती है तो ज़मीन पर गिर जाता है, हवा आकाश में उठा देती है तो बादलों में उठ जाता है।

एक सूखे पत्ते हो जाएं और जीवन के सारे रस, जीवन का सारा आनंद, जीवन के सारे अनुभवों को गुजरने दें। कोई बाधा न डालें, कहीं कोई बैरियर खड़ा न करें, कहीं कोई दीवार न बनाएं। जीवन के सागर में बह जाएं। तो, स्मरण रखें कि वह सागर अंततः परमात्मा तक ले जाने वाला बन जाता है।

– ओशो
(शून्य की नाव)

जीएं वर्तमान में

तीन फकीर एक बड़ी यात्रा पर थे। वे एक मरुस्थल से गुजरते थे। मरुस्थल लंबा था और उनकी आशा से ज्यादा लंबा निकला। उनका भोजन ख़त्म हो गया, उनका पानी ख़त्म हो गया और अभी कोई आशा दिखाई नहीं पड़ती थी कि कितनी यात्रा और शेष रह गई है। शायद वे भटक गए थे। एक सायं जब वे रात को रुके, तो उनके पास केवल एक रोटी का टुकड़ा और एक छोटी-सी बोतल पानी की बची थी। तीनों लोगों को उतना पानी पूरा नहीं हो सकता था, तीनों लोगों को उतनी रोटी से कोई मतलब नहीं होता था। तो उन तीनों ने सोचा, बज़ाय इसके कि हम तीनों इसे खाएं और तीनों समाप्त हो जाएं, यह उचित होगा कि एक इसे खा ले, शायद वह मंज़िल तक पहुंच जाए। दिन, दो दिन की उसे ताकत मिल जाए। लेकिन कौन खाए इसे? उन तीनों में विवाद हो गया कि कौन खाए इसे? कोई निर्णय नहीं हो सका। तो उन तीनों ने यह सोचा कि हम सो जाएं, एक ने सुझाव दिया कि हम तीनों सो जाएं और रात जो भी सपने हमें दिखाई पड़ें, सुबह हम अपने सपने बताएं और जिसने श्रेष्ठतम सपना देखा होगा वह रोटी और पानी का अधिकारी हो जाएगा।

वे तीनों सो गए। फिर सुबह दूसरे दिन उठे, उनमें से एक ने पहले अपना सपना बताया कि मैंने बहुत ही श्रेष्ठ सपना देखा। मैंने देखा सपने में परमात्मा खड़ा है और वह यह कह रहा है कि तेरा आज तक जीवन अत्यंत पवित्र है, तेरा अतीत एक पवित्रता की कहानी है, तू ही रोटी और पानी के खाने का हक़दार है।

फिर दूसरे फकीर ने कहा कि मैंने भी सपना देखा और मैंने देखा कि अंतरिक्ष से कोई आवाज़ गूंजती है कि तू हक़दार है रोटी और पानी का क्योंकि तेरा भविष्य बहुत उज्ज्वल है। आने वाले दिनों में तेरे भीतर बड़ी

संभावनाएं प्रकट होने को हैं, तुझसे जगत का, लोक का बहुत कल्याण होगा, इसलिए तू ही हक़दार है रोटी और पानी का।

फिर उन दोनों ने तीसरे मित्र से कहा कि तुमने क्या देखा? उसने कहा – ''मुझे न तो कोई आवाज़ सुनाई पड़ी, न कोई परमात्मा दिखाई पड़ा, न कोई मुझसे बोला, मुझे तो मेरे भीतर यह ख़बर आई कि तू उठ और जाकर रोटी और पानी ग्रहण कर ले, तो मैं इनको खा भी चुका हूं।

ये तीन फकीर हैं। इनमें एक अतीत की कथा को श्रेष्ठ समझ रहा है, दूसरा भविष्य के आने वाले दिनों को, लेकिन एक वर्तमान के क्षण को ही जी लिया है, जी चुका है।

आनंद के अनुभव को वे लोग उपलब्ध नहीं होते जो पीछे लौटकर देखते रहते हैं, वे लोग भी नहीं जो आगे की सोचते रहते हैं, केवल वे ही लोग जो प्रतिक्षण जीते हैं, प्रतिक्षण। जीवन में जो भी उपलब्ध है प्रतिक्षण उसे पी लेते हैं और स्वीकार कर लेते हैं। इसे इस भांति स्वीकार कर लेते हैं जैसे इसके आगे कोई क्षण नहीं, जैसे इसके आगे कोई जीवन नहीं, जैसे यह अंतिम निपटारे का क्षण है। जो पीछे लौट-लौटकर देखते रहते हैं उनके वर्तमान का लक्षण हाथ से छूट जाता है। जो आगे-आगे सपने देखते रहते हैं, उनका भी वर्तमान का लक्षण हाथ से छूट जाता है। स्मरण रहे कि वर्तमान के क्षण के अतिरिक्त किसी चीज का कोई अस्तित्व नहीं है।

हर पल नया है

तीव्र जीवन चाहिए वर्तमान के क्षण पर केंद्रित। वर्तमान के क्षण पर घनीभूत तीव्र जीवन चाहिए। जितना तीव्र जीवन होगा, उतने ही आनंद की झलकें मिलनी शुरू हो जाएंगी। लेकिन सामान्यतः पृथ्वी पर आज तक की जैसी ग़लत जीवन व्यवस्था रही है, सिवाय सेक्स के अनुभव के, सिवाय काम और यौन के अनुभव के आदमी किसी तीव्र अनुभव को नहीं जानता है। बस एक क्षण है काम का, यौन का, सेक्सुअलिटी का, जिस समय वह थोड़ी-सी तीव्रता अनुभव करता है और बाकी कभी कोई अनुभव नहीं करता, इसलिए तो सेक्स के पीछे इतना पागलपन सारी दुनिया में पैदा हुआ है। यह जो इतनी तीव्र दौड़ पैदा हुई है सारी दुनिया में, और इस सदी में आते-आते सारा जीवन सेक्सुअलिटी से भर गया है कामुकता से। चित्र, कहानी, फिल्म, कविता, साहित्य, सब एक चीज पर घूमने लगा है सेक्स।

यह इसीलिए घूमने लगा है कि वह अकेला तीव्र क्षण है और कोई तीव्र क्षण ही हमारे पास नहीं बचा।

उसी तीव्रता के क्षण में थोड़ा-सा अनुभव होता है, अन्यथा कोई अनुभव नहीं होता और वह भी अनुभव बहुत दिनों तक नहीं चलता, वह भी पहली बार जो अनुभव होता है, दूसरी बार नहीं होता। दूसरी बार जो होता है तीसरी बार नहीं होता। रुटीन रिपीटेशन, फिर वही-वही दोहराना और पुनरुक्ति, फिर वह भी बोथला और बोर्डम से भर जाता है, उसमें भी फिर कोई रस और आनंद नहीं रह जाता।

लेकिन एक भी क्षण है जो आदमी को जानता है। आमतौर से और कुछ भी नहीं जानता। और सारे धर्म सिखाते हैं, इससे भी छूट जाओ, इससे भी मुक्त हो जाओ। इससे कोई छूट नहीं सकता, तब तक जब तक वह और तीव्र क्षणों का आविष्कार न कर ले। जब तक वह जीवन की और गहरी अनुभूतियों को उपलब्ध न कर ले, तब तक कोई सेक्स से छूट नहीं सकता। छूटने की कोशिश उसकी असफलता और व्यर्थता होगी। जब तक कि उसके जीवन में तीव्रता के और बिन्दु उपलब्ध न हो जाएं, तब तक यह एक तीव्रता का बिन्दु कैसे छोड़ा जा सकता है, अगर वह छोड़ देगा तो चित्त उसका इसी के आस-पास घूमने लगेगा। चौबीस घंटे वह सेक्स के इर्द-गिर्द ही चक्कर काटने लगेगा। वह सारी संस्कृति और सारी सभ्यता वहीं घूमने लगेगी। घूम रही है। इसे तथाकथित धार्मिक लोग इस चक्कर से बचा नहीं सकते, कभी नहीं बचा सकते, क्योंकि वे ही इसे उस केंद्र पर घुमाने के लिए मूलभूत कारण हैं। उन्होंने तीव्रता का सारा जीवन ही छीन लिया आदमी से। तीव्रता के जीवन के लिए हमारी तैयारी होनी चाहिए, अगर हम आनंद की दिशा में जाना चाहते हैं। जो भी हम करते हों।

– ओशो

(शून्य समाधि)

आनंदित जीवन जीएं

इस विधि को जीवन शैली बन जाने दो। यह कोई एक घंटा कर लेने की बात नहीं है – सतत इस भाव के साथ रहो। आनंद के भाव को विकसित करो। साधारणतः हम दुःख के प्रति ज्यादा सचेत होते हैं। पीड़ा की ओर हमारा ध्यान ज्यादा जाता है, कुछ ग़लत हो जाए तो हमें उसका ज्यादा पता चलता है। रोग और बीमारी के प्रति हम ज्यादा सचेत होते हैं, बज़ाय स्वास्थ्य और निरोग दशा के। इससे बड़ी मुश्किल खड़ी होती है, क्योंकि **पीड़ा की ओर ज्यादा ध्यान देकर तुम पीड़ा होने में उसकी मदद करते हो, उसे पोषित करते हो। किसी भी चीज पर ध्यान देना उस चीज के लिए एक तरह का भोजन है। और जब तुम पीड़ा या दुःख पर बहुत ज्यादा ध्यान देते हो तो तुम्हारी पूरी दृष्टि उलट जाती है। तुम्हें लगता है कि जीवन तो जीने योग्य ही नहीं है...** दुःख का एक महासागर है और कभी-कभार ही सुख के छोटे-छोटे से द्वीप नज़र आते हैं – इतने कम कि उनके होने का कोई मूल्य ही नहीं, जीवन में उनकी कोई गिनती ही नहीं।

यह ऐसे ही हैं जैसे कोई गुलाब की झाड़ी के पास जाकर कांटे गिनने लगे और गिनने चलोगे तो बहुत कांटे पाओगे। फिर ऐसा व्यक्ति फूलों में विश्वास ही छोड़ देगा। इतने कांटों के बीच भला फूल संभव हो कैसे सकते हैं? फूल एक असंभावना मालूम पड़ने लगेंगे और एक बार फूलों पर अविश्वास होने लगे तो फूल तुम्हारी दृष्टि से ओझल होने लगते हैं, क्योंकि जिस चीज पर विश्वास हो केवल वही तुम्हारे सामने प्रकट होती है।

जिस चीज पर तुम श्रद्धा करते हो, उसके लिए तुम उपलब्ध हो जाते हो। जब तुम श्रद्धा नहीं करते हो, तो उस चीज के लिए बंद हो जाते हो। फिर तुम्हारा मन उसे अपने प्राणों में प्रवेश ही नहीं करने देता। तुम उसे देखकर भी देख नहीं पाते। फिर तुम कांटों की ही आशा करने लगते हो,

क्योंकि वही तुम्हारा अनुभव है। जब तुम आशा करते हो तो उन्हें आमंत्रित करते हो। यह एक दुष्चक्र है।

आनंद पर ध्यान देने से तुम्हारे भीतर एक शिफ्ट आ जाएगा, जैसे गाड़ी का गियर बदलता है। जहां भी तुम हो, फूलों को खोजो। बड़ी-से-बड़ी बीमारी में भी कहीं स्वास्थ्य छिपा होता है। याद रखो कि एक स्वस्थ व्यक्ति ही बीमार पड़ सकता है, कोई मुर्दा तो बीमार नहीं पड़ सकता – कभी ऐसा सुनने में नहीं आया। याद रखो कि जीवन बीमारी से बहुत बड़ा है। जब बीमारी जीवन से बड़ी हो जाए तो तुम मर जाओगे। लेकिन हम स्वास्थ्य की ओर देखते ही नहीं। छोटी-सी चीज सिर दर्द – और तुम उन सब आशीषों को भूल जाते हो जो जीवन तुम पर बरसा रहा है। सिर दर्द छोटी-सी चीज तुम्हें इतना दुःख दे जाती है, क्योंकि तुम उसकी ओर बहुत ध्यान देते हो।

बहुत ज्यादा ध्यान देने से पीड़ा बड़ी हो जाती है, कई गुणा हो जाती है। वह इतनी बड़ी हो जाती है जितनी वह है नहीं। तो जब तुम्हें सिर दर्द हो तो याद करो कि शरीर के कितने हिस्से हैं जो पीड़ा में नहीं है। अचानक तुम पाओगे कि सिर दर्द छोटा-सा रह गया, उसका कोई अस्तित्व ही नहीं रह गया है। एक बार तुम्हें लग जाए कि उसका कोई अस्तित्व नहीं है, तो वह मिट जाता है – वह तुम्हारी दृष्टि से ओझल होने लगता है, क्योंकि तुम्हारा ध्यान अब कहीं और जाने लगा, तुम्हारी ऊर्जा ने उसे पोषण देना बंद कर दिया। यह आध्यात्मिक जीवन की कुंजियों में से एक है।

कोई वर्षों से तुम्हारा मित्र है और एक दिन उसने तुम्हारा अपमान कर दिया और सारी मित्रता ख़त्म। फिर तुम गिनते ही नहीं कि उसके द्वारा कितने आशीष तुम पर बरसे। बस एक वक्तव्य... हो सकता है कि जो उसने कहा, उसका वैसा कहने का मतलब भी न रहा हो। हो सकता है कि उसने ऐसा किसी भावावेश में कहा हो। हो सकता है कि वह जो कह रहा था, उसका उसे बोध भी न हो – और हर किसी के जीवन में अंधेरे क्षण तो आते ही हैं – लेकिन तुम पूरा संबंध, पूरा प्रेम, पूरी मित्रता, सारे सुंदर क्षण भूल जाते हो। बस एक छोटी-सी बात। हो सकता है उसने कोई बात भी न कही हो – बस ऐसे देख लिया कि तुम्हारी ओर से सब ख़त्म हो गया और वही सबसे महत्त्वपूर्ण चीज हो गई तुम्हारे लिए। यह अधार्मिक होने का उपाय है।

हमेशा आशीषों को गिनो – और वे अनंत हैं। दिनों के प्रति और – और जागते चले जाओ, रातों की ओर कम-से-कम ध्यान दो और एक दिन तुम पाओगे कि दिन और रात एक-दूसरे के शत्रु नहीं है, वे एक-दूसरे में समायोजित होते हैं। दुःख और सुख एक ही इकाई के हिस्से हैं। जब तुम देख लेते हो कि दुःख भी सुख का ही आत्यांतिक हिस्सा है, तो तुम्हें कोई शिकायत नहीं रह जाती। इसे ही मैं प्रार्थना कहता हूं।

जब कोई चित्त बिना किसी शिकायत के होता है, तो एक अहोभाव उठता है। फिर तुम परमात्मा को मानते हो या नहीं मानते, इससे कोई फर्क नहीं पड़ता। वह अहोभाव – कि जीवन अच्छा है कि तुम सुखी हो तुम आनंदित हो कि तुम्हें जीवन जीने का अवसर मिला, तुम सुखी हो कि जीवन में चांद है, तारे हैं, फूल हैं, नदियां हैं, पहाड़ हैं, लोग हैं, तुम सुखी हो कि तुम पर इतने आशीष बरसे हैं – यही प्रार्थना है।

इसी क्षण से अपनी चेतना में यह परिवर्तन ले आओ। फूल गिनना शुरू करो और तुम पाओगे कि हर क्षण अनंत-अनंत फूल बरस रहे हैं।

– ओशो

(गॉड इज़ नॉट फॉर सेल)

वह व्यक्ति जीवित कैसे कहा जा सकता है जिसे अपने भीतर जो जीवन की धारा बह रही है, उसमें जिसकी कोई प्रष्ठिा न हो? वह व्यक्ति जीवित कैसे हो सकता है जिसे उस तत्व का पता न हो जिसकी कोई मृत्यु नहीं होती है?

– ओशो

स्वयं को बदलना है

आज तक जीवन का बंधन ही कहा गया है, लेकिन जीवन बंधन नहीं है। जो लोग जीवन को जीने की कला नहीं जानते, उनके लिए जीवन जरूर बंधन हो जाता है।

एक अजनबी देश से कुछ मित्र यात्रा कर रहे थे। वे भूखे थे और फलों की एक दुकान पर रुके। लेकिन जो फल वहां बिक रहे थे, अपरिचित थे। अजनबी देश था, नहीं जानते थे क्या हैं वे फल। नारियल बिकते थे। लेकिन वे लोग जिस देश से आते थे, वहां नारियल नहीं होते थे।

उन्होंने पूछा – "यह क्या है?"

दुकानदार ने कहा – "बहुत, बहुत स्वादिष्ट, बहुत मधुर, बहुत शक्तिवर्धक फल है।"

उन्होंने उन फलों को ख़रीद लिया।

दुकानदान ने प्रशंसा में यह भी कहा – "बड़े-बड़े शहंशाह भी, बड़े-बड़े सम्राट भी मेरी ही दुकान से इन फलों को खरीदते हैं।"

फिर वे फलों को लेकर आगे बढ़ गए। गांव के बाहर वे रुके और उन्होंने फलों को खाने की चेष्टा की, लेकिन नारियलों से वे परिचित नहीं थे। वे जिन फलों से परिचित थे, उन पर नारियल जैसी कड़ी खोल नहीं होती थी। उन्होंने नारियल को ऊपर से ही खाना शुरू किया। बहुत परेशान हो गए। तिक्त हो गया मुंह। कहीं कोई स्वाद न दिखाई पड़ा। दांत गढ़ाना भी कठिन था, मुश्किल था। फिर उन्होंने एक-एक करके वे फल फेंक दिए और कहा – "बड़े मूढ़ हैं इस देश के सम्राट और शहंशाह जो इन फलों को खाते हैं। इन फलों में न कोई स्वाद है, न कोई रस है, न कोई अर्थ प्रतीत होता है। कैसे पागल हैं इस देश के लोग।"

उन फलों को फेंककर वे भूखे ही आगे बढ़ गए और अपने देश में जाकर उन्होंने बहुत प्रचार किया कि हम एक मूर्खों के देश से गुज़रकर आ रहे हैं। वहां लोग पत्थरों जैसे फलों को खाते हैं और उनकी प्रशंसा करते हैं।

उन बेचारों को पता भी नहीं था कि फल वे पत्थर जैसे नहीं थे, लेकिन खाने की विधि उन्हें ज्ञात नहीं थी। खाने की विधि अज्ञात थी।

जीवन के फल पर भी जो खाने की विधि से, जीवन को भोगने की विधि से, जीवन के रस के मार्ग से, जीवन के छंद को अनुभव करने के मार्ग से अपरिचित हैं, उन्हें जीवन लोहे की जंजीर प्रतीत होता तो आश्चर्य नहीं।

जीवन जंजीर नहीं है और जीवन से भिन्न कोई मोक्ष नहीं है।

जीवन को जो उसकी परिपूर्णता में जानने में समर्थ होता है, वह जीवन के मध्य, जीवन के बीच ही मोक्ष को उपलब्ध हो जाता है।

यह हो भी नहीं सकता है कि जीवन और मोक्ष में कोई विरोध हो। यह हो भी नहीं सकता कि जगत में कोई दो विरोधी सत्ताएं हों। यह हो भी नहीं सकता कि प्रभु और संसार में बुनियादी शत्रुता हो। कोई गहरी मैत्री का सेतु है। कोई एक सब संसार में, मोक्ष में प्रकट हो रहा है – देह में, आत्मा में; रूप में, अरूप में।

लेकिन हमारी असफलता, जीवन के फल को चखने की हमारी सीमा, हमारे लिए बंधन बनती रही है, जीवन को जीने की कला ही हमने नहीं सीखी, बल्कि कला को जानने से सब जीवन तिक्त और बेस्वाद लगा, तो हमने जीवन को ही तोड़ देने की कोशिश की, अपने को बदलने की नहीं। हमने उस पागल की तरह व्यवहार किया है, शायद उस पागल के संबंध में आपने सुना हो। न सुना हो तो मैं कहूं और शायद आप पहचान भी लें कि वह पागल कौन है।

एक पागल आदमी था। वह अपने को बहुत ही सुंदर समझता था। जैसा कि सभी पागल समझते हैं, वैसा वह समझता था कि पृथ्वी पर उस जैसा सुंदर और कोई भी नहीं है। यही पागलपन के लक्षण हैं। लेकिन वह आईने के सामने जाने से डरता था और जब कभी कोई उसके सामने आईना ले आता, तो तत्क्षण आईने को फोड़ देता था। लोग पूछते – "क्यों?" तो वह कहता – "मैं इतना सुंदर हूं और आईना कुछ ऐसी गड़बड़ करता है

कि आईना मुझे कुरूप बना देता है। आईना मुझे कुरूप बनाने की कोशिश करता है। मैं किसी आईने को बर्दाश्त नहीं करूंगा, मैं सब आईने तोड़ दूंगा। मैं सुंदर हूं और आईने मुझे कुरूप करते हैं।''

वह कभी आईने में न देखता। लोग आईना ले आते तो तत्क्षण तोड़ देता।

मनुष्य भी उस पागल की तरह व्यवहार करता रहा है। नहीं सोचता कि आईना वही दिखाता है, जो मेरी तस्वीर है। आईना वही बताता है, जो मैं हूं। आईने को कोई प्रयोजन भी नहीं कि मुझे कुरूप करे। आईने को कोई मेरा पता भी नहीं। मैं जैसा हूं, आईना वैसा बताता है। लेकिन बज़ाय यह देखने के कि मैं कुरूप हूं, आईने को तोड़ने में लग जाता हूं।

संसार को छोड़कर भाग जाने वाले लोग आईने को तोड़ने वाले लोग हैं। अगर संसार दुःखद मालूम पड़ता है, तो स्मरण रखना कि संसार एक दर्पण से ज्यादा नहीं। अगर दुःख हमारे जीवन की व्यवस्था है, तो संसार में दुःख दिखाई पड़ेगा।

अगर चिंता हमारे चित्त की व्यवस्था है तो संसार में कांटे दिखाई पड़ेंगे।

संसार हमारी प्रतिध्वनि है। जो हमारे भीतर है, वही प्रतिध्वनित हो उठता है, वही री-ईको हो उठता है। लेकिन नहीं, यह देखने को हम राजी नहीं। हम कहते हैं, संसार बंधन है। हम कहते हैं, संसार दुःख है। हम कहते हैं, संसार असार है, छोड़ दें, तोड़ दें, मुक्त हो जाएं, बाहर हो जाएं।

किससे बाहर होंगे? दर्पण को तोड़कर कोई मुक्त होता है? प्रतिध्वनियों को बंद कर कोई मुक्त होता है?

मुक्त होना है तो स्वयं को बदलना पड़ता है, न कि जीवन को तोड़ना। मुक्त होना हो तो स्वयं को आमूल बदलना पड़ता है और स्वयं को आमूल बदलने को तैयार हो जाता है, वह पाता है कि जीवन एक धन्यता है, एक कृतार्थता है। वह परमात्मा के प्रति धन्यवाद से भर उठता है – इतना सुंदर है जीवन, इतना अद्‌भुत है, इतना रसपूर्ण, इतने छंद से भरा हुआ, इतने गीतों से, इतने संगीत से। लेकिन उस सबको देखने की क्षमता और पात्रता चाहिए। उस सबको देखने की आंखें, सुनने के कान, स्पर्श करने वाले हाथ चाहिए।

– ओशो

(शून्य की नाव)

प्रश्न प्रामाणिक हो तो...

ध्यान के संबंध में यह समझ लेना जरूरी है कि वह प्रामाणिक है या अप्रामाणिक। वह हम अपने पूरे प्राणों से बैठ रहे हैं या बस बैठ गये हैं, क्योंकि और सब लोग बैठ गए हैं। अगर इसी भांति आप बैठ गए हैं – चूंकि और सब लोग बैठे हैं, इसलिए हम भी बैठे हैं। अगर इस तरह बैठ रहे हैं तो उस ध्यान में कहीं कोई गति नहीं होगी।

लेकिन पूरे प्राणों से, पूरा दांव लगाकर – कौन जानता है कि ध्यान के बाद आप उठ पाएं या न उठ पाएं। कौन जानता है, यह क्षण अंतिम हो और कहीं यह क्षण हाथ से खो जाए तो हमेशा के लिए खो जाए। कौन कह सकता है? तो इस भांति कि जैसे हो सकता है, यह अंतिम क्षण हो।

एक युवा संन्यासी अपने गुरु के पास पहुंचा था। उस आश्रम का नियम था कि जब भी कोई व्यक्ति आए तो पहले तीन परिक्रमा करे गुरु की, फिर सात बार पैर छुए, फिर बैठकर जिज्ञासा करे। वह युवा पहुंचा, उसने जाकर सीधे कंधे पकड़ लिए और कहा कि मैं कुछ पूछने आया हूं।

उस गुरु ने कहा – ''कैसे बदतमीज हो, कैसे अशिष्ट हो? तुम्हें पता भी नहीं कि पहले तीन परिक्रमा, सात बार चरण स्पर्श – फिर बैठो, फिर पूछो। ऐसे उत्तर नहीं दिए जाते।

उस युवक ने कहा कि तीन बार नहीं, मैं तीन सौ परिक्रमाएं करूंगा और सात बार नहीं सात सौ बार पैर छुऊंगा, लेकिन क्या आप विश्वास दिलाते हैं कि मैं तीन चक्कर लगाऊं, उसके बाद भी ज़िंदा बचूंगा? आप विश्वास दिलाते हैं, आप जिम्मा लेते हैं मेरे बचने का? मेरा उत्तर पहले है, मेरा प्रश्न पहले है। मुझे पहले उत्तर मिल जाए, फिर फुरसत से आपके चक्कर लगाऊं, पैर छुऊं।

उस गुरु ने अपने शिष्यों से कहा – "यह पहली बार एक आथेंटिक, पहली बार एक प्रामाणिक प्रश्न पूछने वाला आदमी आ गया है। अब इसे उत्तर देने की भी जरूरत नहीं है। इसका प्रश्न ही काफी है, उत्तर तक पहुंचा देगा।

तो ध्यान इतनी संपूर्णता से, समग्रता से हो, तो उसी क्षण हो सकता है – अभी और यहां, इसी क्षण हो सकता है, अगर पूरे प्राण इकट्ठे हो जाएं।

स्वामी रामतीर्थ पढ़ते थे, गणित के विद्यार्थी थे और उनकी आदत थी – परीक्षा में अगर बारह प्रश्न आते और लिखा होता कि कोई भी सात हल करें तो वे बारह ही हल करते और लिखते कि कोई भी सात जांच लें। जितने प्रश्न परीक्षक पूछता, सारे हल कर देते और ऊपर जैसा नोट परीक्षक देता है कि दस प्रश्न दिए हैं, कोई पांच हल करें, वैसा ऊपर नोट लिखते कि दस प्रश्न कर दिए हैं, कोई भी पांच जांच लें। उतना विश्वास भी था कि वे सभी सही हैं।

एम.ए. की गणित की अंतिम परीक्षा दे रहे थे और सायं सात बजे से एक प्रश्न हल करना शुरू किया। रात के तीन बज गए और प्रश्न का कोई उत्तर नहीं मिल रहा है। उनका सहपाठी कहने लगा – "तुम पागल हो गए हो। सुबह होने वाली है और एक प्रश्न पर सारी रात ख़राब कर रहे हो। कौन कहता है कि यह प्रश्न परीक्षा में आएगा ही, दूसरों की भी चिंता कर लो।"

रामतीर्थ ने कहा – "और अगर यह आ गया तो क्या आज पहली बार अंतिम परीक्षा में मुझे सारे प्रश्न हल नहीं करने पड़ेंगे? पांच ही करके आ जाऊंगा? नहीं, नहीं, यह मुझे हल करना ही है, फिर परीक्षा का सवाल नहीं है। जो प्रश्न हल नहीं हो रहा है, उसने मेरे पूरे प्राणों को चुनौती दी है। उसे तो हल करना ही पड़ेगा।"

साढ़े तीन बज गए, चार बज गए, अब तो दो ही घंटे बचे हैं सुबह होने में। पूरी रात खो गई। वह प्रश्न हल नहीं होता। वह मित्र घबरा कर है। कहने लगा – "साथी, क्या पागलपन कर रहे हो?"

तभी रामतीर्थ उठे और अपनी पेटी से एक छुरा निकाल लिया। छुरे को मेज पर रख लिया। घड़ी में पंद्रह मिनट का अलार्म भर दिया और अपने अपने मित्र से कहा – "भाई नमस्कार! अगर पंद्रह मिनट में यह सवाल हल नहीं हुआ तो छुरा छाती के भीतर हो जाएगा।"

मित्र ने कहा – "क्या बिल्कुल ही पागल हुए जा रहे हो। इस सवाल से ऐसा क्या लेना-देना है?"

लेकिन रामतीर्थ कुछ भी नहीं सुन रहे थे। पंद्रह मिनट का अलार्म भर दिया था। घड़ी टिक-टिक आगे बढ़ने लगी। छुरा सामने रखा है नंगा और वे सवाल

हल करने लग गए। सर्द रात थी। ठंडी हवाएं चल रही थीं। माथे से तीन मिनट के भीतर पसीना चूने लगा। सारे शरीर से पसीने की धाराएं बहने लगीं। पांच मिनट भी पूरे नहीं हो पाए कि सवाल हल हो गया। जो छह-सात घंटे से परेशान किए हुए था, वह सवाल पांच मिनट के भीतर हल हो गया। उन्होंने माथा पोंछा और अपने मित्र से कहा – ''सवाल हल हो गया है।''

उसके मित्र ने कहा – ''यह तरकीब तो बड़ी अच्छी है। अगली बार जब कभी ऐसी दिक्कत मुझे होगी तो मैं भी छुरा रख लूंगा, मैं भी अलार्म भर दूंगा। छुरा किसको मारना है? अलार्म बज भी जाएगा और सवाल हल नहीं भी हुआ तो हर्ज़ भी क्या है।

रामतीर्थ ने कहा – ''तू समझता है कि यह कोई तरकीब है। यह तरकीब नहीं थी। किसी को धोखा नहीं दिया जा रहा था। यह तो पूर्ण निश्चित था कि पंद्रह मिनट पूरे होते ही छुरा छाती के भीतर हो जाता।

जब ऐसी समग्रता से कोई व्यक्ति किसी प्रश्न के सामने खड़ा हो जाए, तो प्रश्न की कोई हस्ती है, कोई हैसियत है, कोई ताकत है? जब इतने प्राणों को पूरा-का-पूरा कोई दांव पर लगा दे तो किस चीज़ की ताकत है? कौन-सा प्रश्न है जो रुकेगा? कौन-सी समस्या है जो रुकेगी? कौन-सी उलझन है जो रुकेगी? कौन-सी अशांति है जो रुकेगी? जीवन की कौन-सी बाधा है जो रुक सकती है।

समग्रता से जीवन को दांव पर लगाने वाले लोगों के सामने न कभी कुछ आया है, न कभी आ सकता है। सब हट जाता है। सब द्वार खुल जाते हैं। सब ताले टूट जाते हैं। लेकिन समग्रता से जीने की कोई दृष्टि ही हमारे पास नहीं है। ध्यान भी केवल उनके लिए कुंजी हो सकती है, जो ध्यान को पूरी प्रामाणिकता से, समग्रता से एक दांव बना लेते हैं। सब कुछ लगा देते हैं – पूरी शक्ति, सारी ऊर्जा।

मुझे आपसे यह बात और कहनी है कि ध्यान तो जीवन के समस्त खजानों की कुंजी है। लेकिन वह कुंजी उन्हीं को उपलब्ध होती है, जो उसे पाने के लिए पूरी प्यास को प्रकट करते हैं, पूरी प्रार्थना को, पूरे प्राणों के सामने ले आते हैं। आज ही हो सकता है। इसी क्षण हो सकता है। करने की भी जरूरत नहीं। मेरे कहते-कहते भी हो सकता है।

– ओशो

(शून्य की नाव)

होशपूर्वक हैं...?

एक सम्राट अपने राजकुमार को धर्म में दीक्षित करना चाहता था। उसने पूरे देश में ख़बर पहुंचाई कि कोई है जो राजपुत्र को धर्म में दीक्षित कर सके? एक बूढ़े व्यक्ति के बारे में पता चला। किसी जंगल में एक अस्सी वर्ष का बूढ़ा है, जिसका दावा है कि वह आपके पुत्र को धर्म में दीक्षित कर सकता है। लेकिन उसकी शर्तें बहुत हैं। उसकी पहली शर्त तो यह है कि धर्म की दीक्षा में धर्म की कोई शिक्षा वह न देगा। वह शिक्षा देगा किसी और बात की और राजपुत्र को उसके इशारों पर चलना होगा। कितने दिन में यह शिक्षा पूरी होगी, इसके लिए भी कोई सीमा बांधी नहीं जा सकती, कितना भी समय लग सकता है। राजकुमार शिक्षा अधूरी छोड़कर भी वापस नहीं जा सकेगा। ये सारी शर्तें सम्राट ने मंजूर कर लीं और राजकुमार को वृद्ध गुरु के पास भेज दिया गया।

उस वृद्ध गुरु ने राजकुमार को कहा – "कल सुबह से तेरी परीक्षा का पहला पाठ शुरू होगा और पहला पाठ यह है कि मैं कल सुबह किसी भी समय तेरे ऊपर लकड़ी की तलवार से हमला शुरू करूंगा। कल सुबह से ये हमले शुरू होंगे और दिन में किसी भी समय जाने-अनजाने में मैं तेरे ऊपर हमला करूंगा। तू हमेशा सावधान रहना, रक्षा के लिए यह ढाल संभाल।" राजकुमार ने कहा – "मैं धर्म सीखने आया हूं, तलवार सीखने नहीं।" उसके गुरु ने कहा – "यह तुझे जानने की जरूरत नहीं कि तू क्या सीखने आया है, यह मुझे जानने की जरूरत है कि क्या सिखाना है। धर्म की ही यह शिक्षा है लेकिन मेरा रास्ता कुछ ऐसा ही है। यह बाद में ही पता चल सकेगा कि धर्म तक तू पहुंचा कि नहीं पहुंचा। मैं तो तुझे तलवार चलाना ही सिखाऊंगा, क्योंकि मेरे जीवन भर का अनुभव यह है कि ख़तरे में ही मनुष्य जागता है। ख़तरा नहीं होता तो कोई आदमी जागता नहीं। तो मैं ख़तरे पैदा करूंगा ताकि तू जाग सके।"

तो उस वृद्ध ने राजकुमार को कहा कि मेरे पास अब तू आ गया है, तो सब असुविधा पैदा करूंगा, सब ख़तरे पैदा करूंगा, सब खतरे खड़े करूंगा ताकि तू सो न पाए और एक बार तुझे जागने का अनुभव हो जाए तो फिर दुनिया में कोई कितनी ही कोशिश करे तू खुद भी सोना न चाहेगा।

दूसरे दिन से पाठ शुरू हो गया। बड़ा अजीब पाठ था। राजकुमार किताब पढ़ रहा था, पीछे से हमला हो जाएगा। राजकुमार भोजन कर रहा है और पीछे से उसकी कमर पर लकड़ी की तलवार आ पड़ेगी। सात दिन में उसकी हड्डी-हड्डी दुखने लगी। लेकिन रोज-रोज उसे अनुभव हुआ कि उसके भीतर सजगता व सावधानी बढ़ती जा रही है, क्योंकि चौबीस घंटे उसे चौकन्ना रहना पड़ता है, हमला कभी भी हो सकता है? किसी भी क्षण, कुछ पता नहीं है, पहले से कोई सूचना नहीं मिलती, वह झाड़ू लगा रहा है गुरु की झोपड़ी में गुरु ने पीछे से आकर हमला कर दिया। वह खाना खा रहा है, हमला हो गया। वह किताब उठाने जा रहा है, हमला हो गया। कुछ नहीं कहा जा सकता कि कब हमला हो जाए।

तीन महीने बीतते-बीतते गुरु के लिए हमला करना मुश्किल हो गया। हमला होता है और उसके हाथ, उसका मन इतना सजग है कि तत्काल हमले से रक्षा कर लेता है। तीन महीने बीतते-बीतते उसने अनुभव किया कि कोई एक अजीब बात उसके भीतर पैदा हो रही है, विचार कम होते जा रहे हैं और जागरुकता बढ़ती जा रही है और स्मरण रखें, जितने ज्यादा विचार होंगे, जागरूकता उतनी ही कम होगी। जितनी जागरुकता ज्यादा होगी, उतने विचार कम होंगे। विचार और जागरुकता, थॉट्स और अवेयरनेस विरोधी बातें हैं, ये दोनों एक साथ नहीं होती हैं।

उसका चित्त विचारों से क्षीण और कम होता जा रहा है, उसका चित्त सावधानी से भरता जा रहा है। वह हर समय होश से, अमूर्च्छित जागा हुआ है। तीन महीने होने पर उसके गुरु ने कहा – ''तेरा पहला पाठ पूरा हो गया है। कल से तेरा दूसरा पाठ शुरू होगा।'' उस युवक ने कहा – ''दूसरा पाठ कौन-सा है?'' गुरु ने कहा – ''कल से मैं अब नींद में भी हमला करूंगा। तू सोया हुआ है और हमला हो जाएगा।''

उस युवक ने कहा – ''जागने में फिर भी गनीमत थी, लेकिन नींद में?'' मैं सोया हुआ हूं और आप हमला कर देंगे, तो मुझे कैसे पता चलेगा कि आप हमला कर रहे हैं? नींद में मैं कैसे सावधान रहूंगा?'' उस वृद्ध

गुरु ने कहा – "घबरा मत, ज़ल्दी मत कर। जितना चैलेंज खड़ा हो, जितनी चुनौती खड़ी हो, चेतना उतनी ही जागती है। चैलेंज चाहिए। नींद में भी जागती है।"

वृद्ध गुरु ने आगे कहा – "घबराओ मत, मैं तो चुनौती खड़ी करूंगा ताकि तुम्हारी चेतना को आख़िरी दम तक जगाया जा सके। अब कल से नींद में हमला शुरू हो जाएगा। अब तुम अपनी चिंता मत करना।" मजबूरी थी बीच में भागा नहीं जा सकता था और इधर तीन महीने में एक अनुभव भी हुआ था, बड़ा अद्‌भुत। उस युवक ने सोचा और थोड़ी चोटें सहीं। अद्‌भुत अनुभव हुआ था इन तीन महीनों में उसके चित्त ने एक बहुत अजीब शांति जानी थी, जिसे वह कभी नहीं जानता था। उसकी अंतदृष्टि गहरी हुई थी, जितनी उसने कभी नहीं जानी थी, उसकी चिंता विलीन हो गई थी, उसके मन की समस्याएं ख़त्म हो गई थीं। उसके मन में तो सिर्फ एक जागने का भाव भर अवशिष्ट रह गया था।

रात को भी हमला शुरू हो गया। रात को वह सो रहा है और लकड़ी की तलवार से हमला हो जाएगा। फिर सात-आठ दिन में उसकी हड्डियां दुखने लगीं। जगह-जगह चोट, लेकिन रोज-रोज नींद में भी उसे अनुभव होने लगा कि कोई ख़्याल रखे कि हमला न हो जाए। नींद में भी मन का कोई कोना जाग रहा है कि हमला हो सकता है। नींद में भी एक हिस्सा जागा हुआ रहने लगा। अगले तीन महीने पूरे होते-होते दूसरा पाठ भी पूरा हो गया। नींद में भी उसके हाथ हमले से रक्षा करने लगे। उसके गुरु ने कहा – "दूसरा पाठ पूरा हो गया और तू दूसरे पाठ में भी उत्तीर्ण हुआ। कल से तीसरा पाठ शुरू होगा।" उस युवक ने कहा – "अब तीसरा पाठ क्या हो सकता है। जागना, सोना दोनों में हमला हो गया।" उसके गुरु ने कहा – "कल से असली तलवार से हमला शुरू होगा। अभी लकड़ी की तलवार, अब चुनौती असली खड़ी होगी। अभी चुनौती नकली थी। अभी हड्डी पर चोट लगती थी, अब प्राण भी लिए जा सकते हैं। अब प्राणों तक तलवार छिद सकती है। एक बार चूकना और ज़िंदगी खोना हो जाएगा। कल से असली तलवार आती है।"

उस युवक ने कहा – "ठीक है, मैं तैयार हूं, अब क्योंकि इससे कोई फ़र्क नहीं पड़ता कि तलवार असली है या नकली है, अगर नकली तलवार के प्रति मैं सावधान रहता हूं और रक्षा कर लेता हूं, तो असली तलवार के

प्रति भी रक्षा हो जाएगी। अब मैं निश्चिंत हूं, अब मैं घबराया हुआ नहीं हूं।''

दूसरे दिन से असली तलवार का हमला शुरू हो गया। वह युवक प्राणों की बाज़ी पर खड़ा है। किसी भी क्षण मौत आ सकती है। ऐसी स्थिति में कोई सो सकता है भला? सपने देख सकता है? कोई अतीत और भविष्य में जा सकता है? एक क्षण भी यहां-वहां चित्त का जाना, जीवन का अंत हो जाएगा।

तीन महीने बीतने को आ गए, असली तलवार ने उसके भीतर असली चेतना को भी जगा दिया। तीन महीने पूरे होने में शायद एक दिन और बचा था। गुरु ने उससे कहा - ''एक दिन और है और तेरी परीक्षा पूरी हो जाएगी। फिर अंतिम पाठ रह जाएगा चौथा पाठ और यह चौथा पाठ मैं तुझे जल्दी ही सिखा दूंगा, क्योंकि तीन पाठ जो जान लेता है, उसे चौथे पाठ को जानने में देर नहीं लगती।''

आख़िरी दिन शेष था। वह युवक एक वृक्ष के नीचे बैठा हुआ था और उसका गुरु दूर सौ फुट के फासले पर दूसरे वृक्ष के नीचे बैठकर कोई किताब पढ़ रहा था। अस्सी वर्ष का वृद्ध, उसकी पीठ युवक की ओर थी। युवक के मन में एक खयाल आया कि बूढ़ा चौबीस घंटे मुझे चेतावनी, सजग, चुनौती में रखता है, यह खुद भी इतना सावधान है या नहीं, आज मैं भी क्यों न इसके पीछे से हमला करके देखूं। मैं भी तो देखूं उस पर हमला करके कि यह खुद भी इतना सावधान है या नहीं, जितना मुझे सावधान रहने को कहता है। उसने यह सोचा ही था कि वह बूढ़ा गुरु वहां से चिल्लाया - ''बेटा ऐसा मत करना।'' युवक हैरान हो गया, उसने कहा ''मैंने अभी कुछ नहीं किया, केवल सोचा था, आप क्या सोचते हैं?'' उस बूढ़े ने कहा - ''मैं बूढ़ा आदमी हूं, ऐसा मत कर बैठना।'' उस युवक ने कहा - ''आप कैसे कहते हैं? मैंने केवल सोचा।'' उस बूढ़े ने कहा - ''तू थोड़ी देर और ठहर जा, चौथा पाठ पूरा हो जाने दे। जब चित्त पूरा सावधान होता है, तो दूसरे के विचारों की पगध्वनियां भी सुनाई पड़ने लगती हैं, उसी दिन चित्त उस संवेदना को उपलब्ध हो जाता है, जिसमें परमात्मा की पगध्वनियां भी सुनाई पड़ती हैं।

वैसा जागरुक चित्त ही परमात्मा को अनुभव कर पाता है। सोए हुए लोग नहीं, जागे हुए लोग। प्रत्येक को, इतना ही जागने का प्रश्न है। आरडुअस है, तपश्चर्यापूर्ण है। तपश्चर्या का अर्थ नहीं है कि आप उपवासे

बैठ जाएं। तपश्चर्य का अर्थ नहीं कि आप सिर के बल शीर्षासन लगाकर खड़े हो जाएं। ये बातें तो किसी सर्कस में भर्ती होना हो तो ठीक हैं। परमात्मा को जानने से किसी सर्कस के नट होने की जरूरत नहीं है। लेकिन आरडुअस है, तपश्चर्यापूर्ण है जागने की चेष्टा। चौबीस घंटे उठने से सोने तक, सोने से जागने तक चित्त जागा हुआ रहे, होश भरा हुआ रहे, कैसे ये होगा? कौन तलवार लेकर आपके पीछे पड़ेगा? आपको खुद ही पार जाना पड़ेगा। सच्चाई तो यह है कि मौत चौबीस घंटे हमारे पीछे तलवार लेकर पड़ी हुई है।

– ओशो

(नये मनुष्य का धर्म)

परमात्मा कहां नहीं है? परमात्मा सब जगह है। सब झाड़ियों में वही है। तुम्हें दिखाई पड़े, न दिखाई पड़े – यह और बात है, यह तुम्हारी आंख की बात है। मैंने तो उसे हर झाड़ी में देखा है। मैंने तो तुम में भी उसे देखा है। मैं तुम में उसे देख रहा हूं। मैं झाड़ी-झाड़ी में उसे देख रहा हूं। हर फूल में उसकी लपट है। जीवन उसकी लपट है और कैसी ठंडी लपट है – आग है और जलाती नहीं। आग है और जिलाती है, जलना तो दूर।

यह सारी पृथ्वी, यह सारा जीवन पवित्र है, तीर्थ है। न जाओ काबा, न जाओ काशी, न जाओ कैलाश। तुम जहां हो वहीं इस परमात्मा की उपस्थिति का अनुभव करो। वही काबा है, वही काशी है, वही कैलाश। जहां भी कोई व्यक्ति शांत, मौन, आनंदमग्न हो, उत्सव में लीन हो जाता है – वहीं तीर्थ निर्मित हो जाते हैं।

– ओशो

सृजनात्मक हो...

वह तो मैं ठीक ही कहता हूं कि संन्यासी को सृजनात्मक होना चाहिए। जो भी करो, उसे इतने प्रेम से करो, इतने आह्लाद से करो कि जैसे सारा जीवन उसी कृत्य को करने के लिए बना हो। जैसे कल होगा ही नहीं और आज जो कर रहे हो, उसमें अपने को पूरा उड़ेल देना है। जो भी करो, उसे इतने उत्सव और अनुग्रह भाव से करो कि परमात्मा ने इतना किया है हमारे लिए – परमात्मा कहो, अनजान प्रकृति कहो, अज्ञात ऊर्जा हो, जो भी नाम देना चाहते हो, अ ब स, कोई भी नाम ठीक है – इतना तय है कि कोई अज्ञात ऊर्जा बहुत कुछ कर रही है, अन्यथा हम कैसे होते? चांद कैसे होता? तारे कैसे होते? वृक्षों में फूल कैसे लगते? पक्षियों के कंठों में गीत कैसे जन्मते? यह जो दूर से कोयल कूकने लगती है। यह जो पपीहा पुकारता है – पी कहां। यह सारा सौंदर्य, यह एक-एक तितली के पंखों पर ऐसा रंग। एक विराट सृजनात्मक शक्ति काम कर रही है। तो तुम जो भी करो, इसे अपना अनुदान समझो – इस विराट सृजनात्मक शक्ति के साथ सहयोग का।

मेरे देखे, परमात्मा अगर सृष्टा है, तो तुम जब भी कोई सृष्टा की अवस्था में पहुंचते हो, तो परमात्मा से तुम्हारा तालमेल हो जाता है। इसलिए सृजन से बड़ी कोई प्रार्थना नहीं है। रोटी बनाओ, सीता मैया, चलेगा। इसी खयाल से बनाओ कि रामजी के लिए बना रही हो। जिसके लिए भी बना रही हो, उसके भीतर ही राम है। अब धनुर्धारी राम के लिए मत बैठी रहो। अब आजकल कहां धुनर्धारी राम मिलेंगे? हो सकता है सूट-पैंट पहने हुए, टाई वगैरह लगाए आएं, कोई फिक्र नहीं, किसी शक्ल में आएं, पहचानो।

एक गांव में बड़ा उपद्रव हो गया। मैं उस गांव में ठहरा हुआ था। गांव के स्कूल में लड़कों ने एक ड्रामा किया हुआ था। झगड़ा हो गया, डंडे चल

गए, छोटी-सी बात पर, क्योंकि लड़कों ने तो एक हास्य-नाटक का आयोजन किया था। हंसी की बात थी, लेकिन भारत तो हंसना ही भूल गया है। भारत तो ऐसा गंभीर हुआ है। ब्रह्मज्ञानियों ने ऐसी कुटाई-पिटाई की है भारत की। ब्रह्मज्ञानी ऐसा कचरा लाद गए हैं लोगों के ऊपर। होंठ सी गए हैं, हंस नहीं सकते। हंसना कुछ अधार्मिक मालूम होता है। वह तो उन्होंने मज़ाक किया था। मगर गांव के लोग तो समझे नहीं, झगड़ा हो गया। मज़ाक यह था कि रामचंद्रजी सूट पहने हुए हैं, टाई बांधे हुए हैं, बगल में सोटा है, हैट दबाए हुए हैं। यहां तक भी ठीक था, सीता मैया ऐड़ीदार जूते पहने हुए हैं और सिगरेट पी रही हैं? बस, गांव ने कहा कि हद हो गई, सीता मैया और सिगरेट पी रही हैं? मारो इनको। पर्दे फाड़ दिए, पिटाई-कुटाई हो गई। सीता मैया की पिटाई हो गई। रामचंद्रजी की टाई छीन ली और कहा कि शर्म नहीं आती?

धुनर्धारी राम होते वे (राम का किरदार निभाने वाले सज्जन) तो ये ही उनके पैर छूते। गांव में जहां भी रामलीला होती है, जो भी राम बन जाए, गांव का लफंगा आदमी राम बन जाए... और लफंगों के सिवाय और कौन बनता है? किसको पड़ी है फुर्सत? कि को समय है? तो लोग पैर छूते हैं. .. चढ़ोत्तरी चढ़ाते हैं, पूजा करते हैं, आरती उतारते हैं। और जानते हैं भलीभांति कि गांव का लफंगा है, यही कल उपद्रव करेगा और बीते कल कर भी रहा था, अभी रामचंद्रजी बना हुआ बैठा है रथ में, शोभायात्रा निकल रही है, बारात जा रही है जनकपुरी। भलीभांति लोग जानते हैं कि सीता मैया, मैया ही नहीं है; यह भी गांव का एक छोकरा बना बैठा है। मगर उनकी ही पूजा चल रही है।

मगर वहां लोग गुस्से में आ गए, दंगा-फसाद हो गया, छोटी-सी बात पर। और ज्ञानी तुमसे कहते रहे कि सब में राम देखो। तो टाई बांधे हुए राम में कोई अड़चन है? टाई क्या राम को ख़त्म कर देगी? टाई का इतना बल? ये निर्बल के बल राम। टाई ने मारा। टाई ने बिगाड़ा। अरे! सीता मैया ने पी ली सिगरेट, तो पी ली। थोड़ा निकोटिन चला गया भीतर तो क्या बिगड़ता है? कोई टिका थोड़े ही रहता है, चौबीस घंटे में शरीर के बाहर हो जाता है। इतनी क्या अड़चन? मगर अड़चन हो गई। और ऐड़ीदार जूते, उस समय बहुत ऐतराज हो गया कि यह कैसी सीता मैया।

तो मैं तुमसे कहूंगा - "चाहे रोटी बनाओ, चाहे कपड़े सीओ, चाहे घर साफ करो - राम के लिए ही कर रही हो।"

कबीर से कोई पूछता था कि आप कपड़ा बुनते हैं, अब बुद्धत्व को पाकर? अब तो बंद कर दें। उनके शिष्य कहते हैं - ''अब हम राजी हैं, जो आपको चाहिए। हमारे रहते आप क्यों कपड़ा बुनें?''

कबीर कहते - ''लेकिन नहीं, रामजी मेरे कपड़े बहुत पसंद करते हैं।'' कबीर जब गांव में इन्हें बेचने जाते थे तो हर ग्राहक को कहते थे रामजी, ले जाओ। रामजी के अलावा कोई था ही नहीं। जो भी आया वही राम है। राम ही है और तो कुछ है नहीं।

मुझे तो कबीर की इस बात में ज्यादा अर्थ, गरिमा और गौरव मालूम होता है, बज़ाय तुलसीदास की इस घटना में कि जब उनको कृष्ण के मंदिर में ले जाया गया, तो (नाभादास ने अपने संस्मरणों में लिखा है) तुलसीदास कृष्ण के मंदिर में झुके नहीं। 'सिया-राममय सब जग जानी'। और भूल गए वहां, सब में देख लिया। मालूम होता है कविता ही कर रहे हैं, तुकबंदी ही बिठा रहे हैं। कृष्ण में नहीं देख सके।

नाभादास ने लिखा है कि तुलसीदास ने कहा कि मैं नहीं झुकूंगा। 'तुलसी झुके न माथ।' जब तक धनुष-बाण हाथ में नहीं लोगे, तब तक मेरा माथा झुकने वाला नहीं है। बाबा तुलसीदास की असलियत ज़ाहिर हो गई। उन्होंने सारे जग में जो राम को देखा, वह कविता ही थी, वह जीवन-अनुभव नहीं था। कृष्ण में भी न देख सके राम को। कृष्ण के सामने भी झुकने से इंकार कर दिया। 'धनुष-बाण लेहु हाथ', तब झुकेगा, तुलसी का माथा। तो यह तो भक्त भगवान पर शर्त लगाने लगा कि मेरी शर्त पहले पूरी करो। यह झुकना तो बेशर्त न रहा। यह समर्पण भी सशर्त हो गया और सशर्त मर गया, आत्महत्या हो गई उसकी। गले में फांसी लगाकर मर गया। सशर्त कोई समर्पण होता है – कि मैं ऐसा करूंगा, कि मैं वैसा करूंगा, तो! समर्पण तो कहता है – जो तेरी मर्ज़ी। अगर आज तेरी मर्ज़ी ऐसी है कि मोर-मुकुट बांधकर खड़ा है, तो चल, हम तुझे ऐसे में भी देखेंगे।

यह तो कबीर ज्यादा ठीक काम कर रहे हैं। आम ग्राहक, जो ख़रीदने चला आया है सामान, उससे कह रहे हैं - राम जी, ले जाओ। बहुत मेहनत से बुना है। यूं ही नहीं बुना है, बहुत प्रेम से बुना है। भीनी-भीनी बीनी रे चदरिया। राम-रस में डुबा-डुबाकर रंगा है। मस्ती में बुना है। गा-गाकर बुना है। गुनगुनाते थे और बुनते थे। डोलते थे और बुनते थे। निश्चित ही उनका खुमार, उनके भीतर की शराब फैल जाती होगी तानों-बानों पर। जरूर

कुछ-न-कुछ छाप रह जाती होगी। और कहते थे कि इतनी मेहनत से बुना है, इतना मजबूत बुना है, कि फाड़ना भी चाहोगे तो भी वर्षों लग जाएंगे। ले ही जाओ।

तो वे कहते कि रामजी आएंगे बाज़ार में, खोजेंगे कि कबीर आया कि नहीं, और मुझे नहीं पाएंगे तो बड़े उदास होंगे। कबीर जीवन की अंतिम घड़ी तक कपड़े बुनते रहे।

इसे मैं सृजनात्मकता कहता हूं। सृजनात्मकता से यह भ्रांति होती है कि या तो मूर्ति बनाओ या कविता करो या पेंटिंग बनाओ, इस तरह की दो-तीन चीजों से लोग सृजनात्मकता का अर्थ लेते हैं। सृजनात्मकता का इतना ही अर्थ नहीं होता।

यहां आश्रम में लोग हैं। उनको जो सबसे ज़्यादा बात छूती है, वह छूती है – आश्रम में आनंद मग्न करने वाले लोग। चाहे वे संडास साफ कर रहे हों, क्योंकि यहां तो कोई नौकर नहीं है, एक भी नौकर नहीं है। नौकर की बात ही अमानवीय है। यहां तो सारा काम संन्यासी कर रहे हैं और इसमें कोई भेदभाव ही नहीं है। जो पाखाने साफ कर रहा है, उसमें और जो दफ्तर में बैठकर ध्यान-विश्वविद्यालय का कुलपति है उसमें, कोई भेद नहीं है। वैसे भी भेद नहीं है संडास और बाथरूम साफ करने वाले संन्यासियों में। पीएच.डी. आश्रम के बगीचे में सब्जी उगाते हैं।

सृजनात्मकता का अर्थ इतना नहीं है कि कविता करो। जो भी करो, वह तुम्हारा ध्यान हो, मौज हो, मस्ती हो। फर्श साफ करो तो ऐसे जैसे परमात्मा के लिए किया जा रहा है। इसलिए आश्रम में तुम्हें एक ताज़गी मिलेगी, एक सुवास मिलेगी। एक स्वच्छता मिलेगी, एक अलग गंध मिलेगी। और यह गंध है सृजनात्मकता की। जो भी जिस काम में लगा है, उसमें ऐसे तल्लीन है कि वही पूजा है, वही प्रार्थना है।

सीता मैया, कविता करो, कोई हर्ज़ नहीं है। कविता में कुछ बुराई नहीं है। मगर ख़तरा एक ही है कि कविता काम की तो बहुत कम होती है। और फिर कविता बन गई तो स्वभावतः खयाल उठता है कि कोई सुने। कोई सुने ही न तो कविता में सार क्या। कोई प्रशंसा करे। फिर मुसीबत शुरू होती है। अगर यह स्वांतः सुखाय हो तब तो ठीक, नहीं तो ख़तरा है।

महान कवि डब्बूजी एक बार बीमार हो गए। बीमारी कुछ ऐसी कि डॉक्टरों की समझ में न आए। अंततः हारकर उन्होंने डब्बूजी से ही पूछा –

''आप ही बताइए, हम सब तो इस बीमारी को समझने में असमर्थ सिद्ध हो गए हैं। आपने हमें हरा दिया। आप ही बताएं कि इस बीमारी की मूल जड़ क्या है? अरे आप तो महाकवि हैं। आप तो बड़ी गहरी बातें खोज लाते हैं। ज़रा अपनी बीमारी के संबंध में भी कुछ बताएं। क्या आपको कोई मानसिक यातना सता रही है? कोई तनाव है? बात क्या है?''

डब्बूजी बोले – ''बीमार न होऊं तो और क्या हो। अरे पिछले तीन सप्ताह से एक भी श्रोता नहीं मिला। सौ कविताएं भीतर उबल रही हैं, श्रोता चाहिए। अब डॉक्टरों की खोपड़ी में कुछ सूझा। उन्होंने एक बहरे आदमी को दस रुपये देकर राजी किया कि वह आज रात भर इस तरह से डब्बूजी की कविता सुनता रहे जैसे कि बहुत मज़ा आ रहा है। यही एक मात्र उपाय है डब्बूजी को मृत्यु से बचाने का। बहरा राजी हो गया। जब दूसरे दिन सुबह-सुबह डॉक्टर आया देखने के लिए कि माज़रा क्या है, तो उसके आश्चर्य का ठिकाना न रहा। डब्बूजी तो एकदम स्वस्थ, प्रसन्न, प्रफुल्लित और आनंद-विभोर होकर कविता-पाठ कर रहे थे और बेचारा बहरा श्रोता पता नहीं कब का मर चुका था।

सीता मैया, तुम्हें मेरा आशीष। जी भरकर कविता करो। मगर किसी को सुनाना मत। एकांत में द्वार-दरवाज़े बंद करके गुनगुना लेना – मैं सुन लूंगा। यही तो लाभ है। तस्वीर टांग ली, सुना दी। नहीं तो लॉकेट तुम्हारे पास है ही, बस लॉकेट को पकड़ा और सुना दी कविता। तस्वीर तो मर नहीं सकती, मैं मुस्कुराए ही चला जाऊंगा। तुम भी खुश, मैं भी खुश। मगर सृजनात्मकता को और विधाएं दो। सारा जीवन सृजनात्मक होना चाहिए। तो जीवन में एक प्रसाद आ जाता है, एक सौंदर्य आ जाता है। उठो-बैठो तो, चलो-फिरो तो। बुद्ध चलते हैं तो काव्य है। कृष्ण बैठते हैं तो काव्य है, उठते हैं तो काव्य है। जीज़स सूली पर भी लटके हैं तो भी एक प्रसाद है और तुम सिंहासन पर भी बैठो तो भी प्रसाद नहीं होगा।

और यह सारी बात इसलिए संभव हो पाती है, यह चमत्कार इसलिए संभव हो पाता है – जब तुम समर्पित हो परमात्मा को, अस्तित्व को, जब तुमने अपने अहंकार को अलग कर लिया, बस। सृजनात्मक का अर्थ होता है 'अपने अहंकार को अलग कर लेना और बस उसके लिए कोई माध्यम बन जाना। आएं उसकी हवाएं, ले चलें उड़ाकर तुम्हें एक सूखे पत्ते की भांति, तो उड़ना। आए उसकी नदी, आए उसकी बाढ़, ले चले बहाकर तुम्हें सागर की तरफ, तो बहना। परमात्मा जो कराए, करना।

सब छोड़ दो अस्तित्व पर। चिंता गल जाएगी, संताप मिट जाएगा। फिर यह भी हो सकता है कि काव्य उठे, गीत जन्में। तब उन गीतों में बात और होगी। तब तुम्हें श्रोता नहीं खोजने होंगे, श्रोता तुम्हें खोज लेंगे, क्योंकि तुम्हारे शब्द-शब्द में रस होगा। रस परमात्मा का दूसरा नाम है। रसो वै सः।

– ओशो

(रहिमन धागा प्रेम का प्रवचन-3)

जब भी हमारे जीवन में कहीं से भी सुख की कोई किरण उतरती है, तो वे ही क्षण होते हैं जब हम खाली, बिना काम के समुद्र के तट पर या किसी पर्वत की ओट में या आकाश में तारों के नीचे या सुबह उगते सूरज के साथ, आकाश में उड़ते हुए पक्षियों के पीछे या खिले हुए फूलों के पास, कभी जब हम बिना काम, बिल्कुल बेकाम, बिल्कुल व्यर्थ, बाज़ार में जिसकी कोई कीमत न होगी – ऐसे किसी क्षण में होते हैं, तभी हमारे जीवन में सुख की थोड़ी-सी ध्वनि उतरती है। लेकिन यह आकस्मिक एक्सिडेंटल होती है। ध्यान व्यवस्थित रूप से इस किरण की खोज है।

– ओशो

सेवा के रूप

रात एक युवती ने आकर कहा – ''मैं सेवा करना चाहती हूं।''

मैंने उससे कहा – '' 'मैं' को जाने दो तो सेवा अपने आप आ जाती है।''

अहंकार के अतिरिक्त जीवन के सेवा बन जाने में और क्या बाधा है?

अहंकार सेवा मांगता है। वस्तुतः वह सब कुछ मांगता ही है, देता कुछ नहीं। वह दान में असमर्थ है। वह उसकी सामर्थ्य ही नहीं। अहंकार सदा का भिखारी है, इसलिए अहंकारी व्यक्ति से दीन और दरिद्र व्यक्ति खोजना असंभव है।

सेवा तो वही कर सकता है, जो सम्राट है, जिसके पास स्वयं ही कुछ नहीं है, वह किसी को क्या देगा? देने के पहले होना तो आवश्यक ही है।

सेवा क्या है? क्या प्रेम ही सेवा नहीं है, और प्रेम का जन्म तो उसी चेतना में होता है, जिसमें 'मैं' की कब्र बन गई होती है।

'मैं' की मृत्यु में ही प्रेम का जन्म और जीवन है।

'मैं' की चिता में से ही प्रेम का बीज अंकुरित होता है।

'मैं' से जो भरे हैं, प्रेम से वे रिक्त ही होते हैं।

'मैं' शोषण का केंद्र है। उसकी सेवा भी शोषण ही हैं उसमें भी वही पुष्टि पाता और प्रगाढ़ होता है। क्या सेवकों के दम्भ से मनुष्यता अपरिचित है? शोषक के दम्भ में भी विनम्रता का आवरण होता है, किन्तु सेवक की तो विनम्रता में भी दम्भ की ही घोषणा होती है।

स्मरण रहे कि प्रेम मुखर नहीं है और सेवा मौन है। और यह भी स्मरण रहे कि प्रेम स्वयं ही अपना धन्यता है और सेवा स्वयं ही अपना पुरस्कार है।

एक अद्‌भुत प्रसंग मुझे याद आता है।

दो मित्र चित्रकला सीखने गुरु के द्वार पहुंचे। दोनों थे अति दरिद्र। दो रोटियां भी उनके पास नहीं थीं। उन्होंने तय किया कि उनमें एक किसी कला का अभ्यास करे और दूसरा श्रम करके स्वयं का और उसका पेट भरे, फिर दूसरा कमायेगा और पहला सीखेगा।

एक ने गुरु के चरणों में बैठकर चित्रण शुरू किया। वर्ष आए और गए। कठिन साधना थी। समझ का सवाल ही नहीं था। पूरी शक्ति लगाकर वह युवक साधनारत था। धीरे-धीरे उसकी ख्याति फैलने लगी। कला के जगत में उसका भाग्योदय हो गया था। उस युवक का नाम था - अलब्रेख्त डुरेर। किन्तु उससे भी कठिन साधना में उसका मित्र लगा था। वह गड्ढे खोद रहा था और गिट्टियां फोड़ रहा था, लकड़ियां काट रहा था और बोझ ढो रहा था। धीरे-धीरे वह भूल ही गया कि वह भी चित्रकला सीखने आया था। और जब कलाभ्यास की उसकी बारी आई तो पाया गया कि उसके हाथ तो इतने कड़े, सख्त और विकृत हो गए थे कि उनसे चित्रण संभव ही नहीं रहा था।

यह दुर्घटना देख पहला युवक रोने लगा, किन्तु दूसरा युवक बहुत आनंदित था। उसने कहा – ''इससे क्या भेद पड़ता है कि मेरे हाथ चित्र बनाते हैं या तुम्हारे? तुम्हारे हाथ भी क्या मेरे ही हाथ नहीं हैं?''

पहला युवक तो महान चित्रकार बन गया, किन्तु उसके मित्र का नाम तो किसी को ज्ञात भी नहीं है, जिसने अपना खून-पसीना एक कर उसे चित्रकार बनाया था, किन्तु उसकी अज्ञात सेवा क्या प्रेम का एक ज्वलंत प्रमाण नहीं है? क्या वे धन्य नहीं हैं, जो अज्ञात सेवा करते और सेवा के अवसरों की प्रतीक्षा करते हैं? जो जाने जाते हैं, वे ही नहीं, जो कभी नहीं जाने जाते, वे भी सृजन करते हैं।

प्रेम के अज्ञात हाथों से की गई सेवा से बड़ी न तो कोई साधना है और न ही कोई प्रार्थना ही। अलब्रेख्त डुरेर ने अपने उस मित्र के हाथों की प्रार्थना करते हुए एक चित्र बनाया। निश्चय ही वैसे सुंदर हाथ खोजना क्या आसान है? उन जैसे पवित्र हाथ खोजना क्या संभव है? और क्या उन जैसे हाथों ने जैसा प्रेम किया और प्रार्थना की, वह सौभाग्य कितने थोड़े-से लोगों को मिल पाता है?

– ओशो

(मिट्टी के दीये)

संन्यास : सतत नये की स्वीकृति

मनुष्य है एक बीज, अनंत संभावनाओं से भरा हुआ। बहुत फूल खिल सकते हैं, अलग-अलग प्रकार के। बुद्धि विकसित हो मनुष्य की तो विज्ञान का फूल खिलता है, और हृदय विकसित हो तो काव्य का, और पूरा मनुष्य विकसित हो जाए तो संन्यास का।

संन्यास है समग्र मनुष्य का विकास। और पूरब की मनीषा ने, पूरब की प्रतिभा ने जगत के विकास को जो दान दिया है, वह संन्यास है।

संन्यास का अर्थ है, जीवन को एक काम की भांति नहीं, वरन् एक खेल की भांति जीना। जीवन नाटक से ज्यादा न रह जाए कि चिंता को जन्म दे सके। दुःख हो या सुख, पीड़ा हो, संताप हो, जन्म हो या मृत्यु, संन्यास का अर्थ है इतनी समता में जीना (हर स्थिति में) कि भीतर कोई चोट न पहुंचे।

अंतर्मन में कोई झंकार भी पैदा न हो। अंतर्मन ऐसा अछूता रह जाए जीवन की सारी यात्रा से, जैसे कमल के पत्ते पानी से अछूते रह जाते हैं, ऐसे अस्पर्शित, ऐसे असंग, ऐसे जीवन गुजारते हुए भी जीवन के बाहर रहने की कला का नाम संन्यास है।

यह कला बहुत विकृत भी हुई। जो भी इस जगत में विकसित होता है, उसकी संभावना विकृत होने की भी होती है। संन्यास विकृत हुआ संसार के विरुद्ध खड़े हो जाने के कारण, संसार की निंदा, संसार की शत्रुता के कारण।

संन्यास खिल सकता है वापस, फिर मनुष्य के लिए आनंद का मार्ग बन सकता है – संसार के साथ संयुक्त होकर, संसार को स्वीकृत करके। संसार का विरोध करने वाला, संसार की निंदा और संसार को शत्रुता के भाव से देखने वाला संन्यास अब आगे संभव नहीं होगा, उसका कोई भविष्य नहीं है।

यदि परमात्मा है तो यह संसार उस परमात्मा की ही अभिव्यक्ति है। इसे छोड़कर, इसे त्यागकर परमात्मा को पाने की बात ही नासमझी है। इस संसार में रहकर ही इस संसार से अछूते रह जाने की जो सामर्थ्य विकसित होती है, वही इस संसार का पाठ है, वही इस संसार की सिखावन है और तब संसार एक शत्रु नहीं, वरन् एक विद्यालय हो जाता है। तब कुछ भी त्याग करके (सचेष्ट रूप से त्याग करके) छोड़कर भागने की पलायनवादी वृत्ति को प्रोत्साहन नहीं मिलता, वरन् जीवन को उसकी समग्रता में, स्वीकार में, आनंदपूर्वक, प्रभु का मान कर जीने की दृष्टि विकसित होती है। भविष्य के लिए मैं ऐसे ही संन्यास की संभावना देखता हूं जो परमात्मा और संसार के बीच विरोध नहीं मानता, कोई खाई नहीं मानता, वरन् संसार को परमात्मा का प्रकट रूप मानता है और परमात्मा को संसार का अप्रकट (छिपा हुआ) प्राण मानता है। संन्यास को ऐसा देखेंगे तो यह जीवन को दीन-हीन करने की बात नहीं, जीवन को और समृद्ध और संपदा से भर देने की बात है। असल में जब भी कोई व्यक्ति जीवन को बहुत ज़ोर से पकड़ लेता है, तभी जीवन कुरूप हो जाता है। इस जगत में हम जो भी ज़ोर से पकड़ेंगे, वही कुरूप हो जाएगा और जिसे भी हम मुक्त रख सकते हैं, स्वतंत्र रख सकते हैं, मुट्ठी बांधे बिना रख सकते हैं, वही इस जगत में सौंदर्य को, श्रेष्ठता को, शिवत्व को उपलब्ध हो जाता है।

जीवन के सब रहस्य ऐसे हैं जैसे कोई मुट्ठी में हवा को बांधना चाहे। जितने जोर से बांधी जाती है मुट्ठी, हवा मुट्ठी के उतने ही बाहर हो जाती है। खुली मुट्ठी रखने का सामर्थ्य हो तो मुट्ठी हवा से भरी रहती है और बंधी मुट्ठी हवा से खाली हो जाती है। उल्टी दिखाई पड़ने वाली उलटबांसी-सी यह बात – कि मुट्ठी खुली हो तो भरी रहती है और बंद की गई हो, बंद करने की आकांक्षा हो, तो खाली हो जाती है – जीवन के समस्त रहस्यों पर लागू होती है।

कोई अगर प्रेम को पकड़ेगा, बांधेगा - प्रेम नष्ट हो जाएगा। कोई अगर आनंद को पकड़ेगा, बांधेगा - आनंद नष्ट हो जाएगा। कोई अगर जीवन को भी पकड़ना चाहे, बांधना चाहे तो जीवन भी नष्ट हो जाता है।

संन्यास का अर्थ है - खुली हुई मुट्ठी वाला जीवन, जहां हम कुछ भी बांधना नहीं चाहते, कुछ भी रोकना नहीं चाहते। प्रवाह! और सतत नये की स्वीकृति। और कल जो दिखाएगा उसके लिए भी परमात्मा को धन्यवाद का भाव।

बीते हुए कल को भूल जाना है, क्योंकि बीता हुआ कल अब स्मृति के अतिरिक्त और कहीं भी नहीं। जो हाथ में है, उसे भी छोड़ने की तैयारी रखनी है, क्योंकि जीवन में सब कुछ क्षणभंगुर है। जो अभी हाथ में है, क्षणभर बाद हाथ के बाहर हो जाएगा। जो श्वास अभी भीतर है, क्षणभर बाद बाहर होगी। ऐसा प्रवाह है जीवन। इसमें जिसने भी रुकने की कोशिश की, वही गृहस्थ है। और जिसने जीवन के प्रवाह में बहने का सामर्थ्य साध लिया, जो प्रवाह के साथ बहने लगा – सरलता से, सहजता से, असुरक्षा से, अनजान में, अज्ञात में – वही संन्यासी है।

– ओशो

संन्यास के तीन बुनियादी सूत्र खयाल में ले लेने जैसे हैं।

पहला – जीवन एक प्रवाह है। उसमें रुक नहीं जाना, ठहर नहीं जाना, वहां कहीं भी घर नहीं बना लेना – एक यात्रा है। और जीवन पड़ाव है बहुत। लेकिन मंज़िल कहीं नहीं। मंज़िल जीवन के पार परमात्मा में है।

दूसरा – जीवन जो भी दे, उसके साथ पूर्ण संतुष्टि और पूर्ण अनुग्रह। क्योंकि जहां असंतुष्ट हुए हम, जो जीवन जो देता है, उसे भी छीन लेता है और जहां संतुष्ट हुए हम, जीवन जो नहीं देता, उसके भी द्वार खुल जाते हैं।

और तीसरी बात – जीवन में सुरक्षा का मोह न रखना। सुरक्षा संभव नहीं है। तथ्य ही संभावना का है। असुरक्षा ही जीवन है। सच तो यह है, सिर्फ मृत्यु ही सुरक्षित हो सकती है, जीवन तो असुरक्षित होगा ही। इसलिए जितना जीवंत व्यक्तित्व होगा, उतना असुरक्षित होगा; और जितना मरा हुआ व्यक्तित्व होगा, उतना सुरक्षित होगा।

जो इस सत्य को स्वीकार करके जीना शुरू कर देता है कि जीवन में कोई सुरक्षा नहीं है, असुरक्षा के लिए मैं राजी हूं, मेरी पूर्ण सहमति है, वही संन्यासी है। और जो असुरक्षित होने को तैयार हो गया, निराधार होने को, उसे परमात्मा का आधार उपलब्ध हो जाता है।

क्या संन्यास ध्यान की गति बढ़ाने में सहायक होता है?

संन्यास का अर्थ ही यही है कि मैं निर्णय लेता हूं कि अब से मेरे जीवन का केंद्र ध्यान होगा। अन्य कोई अर्थ ही नहीं है संन्यास का। जीवन का केंद्र धन नहीं होगा, यश नहीं होगा, संसार नहीं होगा। निश्चित ही

संन्यास ध्यान के लिए और ध्यान संन्यास के लिए गति देता है। ये संयुक्त घटनाएं हैं और मनुष्य के मन का नियम है कि निर्णय लेते ही मन बदलना शुरू हो जाता है।

जीवन का केंद्र ध्यान होगा, धर्म होगा, परमात्मा होगा – ऐसे निर्णय का नाम ही संन्यास है। जीवन के केंद्र को बदलने की प्रक्रिया संन्यास है। वह जो जीवन के मंदिर में हमने प्रतिष्ठा कर रखी है – इंद्रियों की, वासनाओं की, इच्छाओं की, उनकी जगह मुक्ति की, मोक्ष की, निर्वाण की, प्रभु-मिलन की, मूर्ति की प्रतिष्ठा 'ध्यान' है।

माला का क्या अर्थ हो सकता है?

माला में एक सौ आठ गुरिए देखे होंगे। लेकिन खयाल में नहीं आया होगा कि वे क्या हैं? एक सौ आठ ध्यान की पद्धतियां हैं, एक सौ आठ मार्ग हैं ध्यान के, एक सौ आठ विधियों से ध्यान की संभावना है। वे एक सौ आठ गुरिए एक सौ आठ ध्यान के प्रतीक हैं। जब कोई साक्षी किसी को वह माला देता था तो यह याद दिलाता था कि तुझे मैंने सिर्फ एक रास्ता ही समझाया, बताया, और भी रास्ते हैं एक सौ सात। इसलिए किसी दूसरे को ग़लत कहने में बहुत जल्दी मत करना और याद रखना अनंत रास्ते हैं उसके। और एक सौ आठ गुरिए के नीचे लटका हुआ एक बड़ा मनका देखा होगा। वह इस बात की ख़बर है कि एक सौ आठ में से किसी से भी पहुंचो, एक पर अंत में आदमी पहुंच जाता है। कहीं से भी चलो, एक पर पहुंचना हो जाता है। तो वह जो एक मनका नीचे लटका हुआ है, यह सब सिम्बालिक है, पोएटिक है, काव्यात्मक हैं लेकिन अर्थपूर्ण हैं।

– ओशो

(मैं कहता आंखिन देखी)

संन्यासी यानी असुरक्षा

मैं एक कहानी कहता रहा हूं कि कृष्ण भोजन को बैठे हैं, और दो-चार कौर लिए हैं और भागे हैं थाली छोड़कर। रुक्मिणी ने उनसे पूछा– "आपको क्या हो गया? जाते कहां हैं?" लेकिन उन्होंने सुना नहीं, वे द्वार तक चले गए हैं दौड़ते हुए, जैसे कहीं आग लग गई हो। रुक्मिणी भी उठी, दो-चार क़दम उनके पीछे गई है। फिर वह दरवाज़े पर ठिठक गए, वापस लौट आए, थाली पर बैठकर चुपचाप भोजन करने लगे।

रुक्मिणी ने कहा – "आपने मुझे बड़ी उलझन में डाल दिया। एक तो आप ऐसे भागे कि मैंने पूछा कहां जा रहे हैं, तो उसका उत्तर देने तक की भी आपको फुर्सत न थी और फिर आप दरवाज़े से ऐसे लौट आए कि जैसे कहीं भी न जाना था। हुआ क्या है?" कृष्ण ने कहा – "मुझे प्रेम करने वाला, मेरा एक प्यारा, एक रास्ते से गुज़र रहा है। लोग उस पर पत्थर फेंक रहे हैं, और वह है कि मंजीरे बजाए चला जा रहा है और मेरा ही गीत गाए चला जा रहा है। लोग पत्थर फेंक रहे हैं और उसने उत्तर भी नहीं दिया है, **मन में भी उत्तर नहीं दिया है, मन में भी वह सिर्फ़ देख रहा है कि लोग पत्थर मार रहे हैं**, उसके माथे से खून की धारा बह रही है। तो मेरे जाने की ज़रूरत पड़ गई थी। इतने बेसहारे के लिए अगर मैं न जाऊं तो फिर मेरा अर्थ क्या है?" रुक्मिणी ने पूछा – "फिर लौट क्यों आए?" उन्होंने कहा – "लेकिन जब तक मैं दरवाज़े पर गया, वह बेसहारा नहीं रह गया था। उसने मंजीरे नीचे फेंक दिए और पत्थर हाथ में उठा लिए। उसने अपना इंतजाम कर लिया, अब मेरी कोई जरूरत नहीं। उसने मेरे लिए मौका नहीं छोड़ा है। वह खाली जगह नहीं छोड़ी है, जहां मेरी जरूरत पड़ जाए।"

जब व्यक्ति अपना इंतजाम कर लेता है, तो जीवन की शक्तियों के लिए कोई उपाय नहीं रह जाता। हम सब अपना इंतजाम कर लेते हैं और इसलिए हम वंचित रह जाते हैं।

संन्यासी का मतलब ही सिर्फ इतना है कि जो अपने लिए इंतजाम नहीं करता और छोड़ देता है सब इंतजाम।

असुरक्षा में खड़ा हो जाना संन्यास है – टु बी इन इनसिक्योरिटी। सब तरह की असुरक्षा में, जहां कि वह मानता ही नहीं कि मैं अपने लिए कोई सुरक्षा करूं। बड़ी कठिन बात है, क्योंकि मन को इस बात के लिए राजी करना कि असुरक्षा में खड़े हो जाओ, मत करो इंतजाम। इंतजाम ही मत करो। छोड़ दो सब इंतजाम।

– ओशो

(महावीर मेरी दृष्टि में, प्रवचन–16)

जीवन के पास हम कौन-सा दृष्टिकोण लेकर जाते हैं, उससे जीवन का उत्तर बदल जाता है। अगर हम उदास और निराश दृष्टिकोण लेकर गए, तो जीवन भी कहता है, नहीं-नहीं। और अगर हम प्रफुल्लता से, अहोभाव से, कृतज्ञता से, ग्रेटीट्यूड से, आशा से, प्रेम और प्रार्थना से भरा हुआ दृष्टिकोण लेकर गए, तो जीवन कहता है हां! तो जीवन की बाहें हमारे चारों तरफ फैल जाती हैं और अपने आलिंगन में ले लेती हैं और जब हम ग़लत कोण से जीवन के पास पहुंचते हैं, तो द्वार बंद हो जाते हैं।

– ओशो

काम से राम की ओर

जीवन ऊर्जा है, शक्ति है। लेकिन साधारणतः तुम्हारी जीवन-ऊर्जा नीचे की ओर प्रभावित हो रही है, इसीलिए तुम्हारी सब जीवन-ऊर्जा काम-वासना बन जाती है। काम-वासना तुम्हारा निम्नतम चक्र है। तुम्हारी ऊर्जा नीचे गिर रही है और सारी ऊर्जा धीरे-धीरे काम-केंद्र पर एकत्रित हो जाती है, इसलिए तुम्हारी सारी शक्ति काम-वासना बन जाती है।

वह जो मूलधार चक्र है (जहां से ऊर्जा काम-ऊर्जा बनती है), उसे बांध लेना है, उसे सिकोड़ लेना है। इसलिए योग ने, पतंजलि ने, हठयोग ने बहुत-सी प्रक्रियाएं खोजी हैं 'मूल' को बांधने की। मूल जब बंध जाए, तो ऊर्जा अपने आप ऊपर उठने लगती है, क्योंकि नीचे का द्वार बंद हो जाता है, द्वार अवरुद्ध हो जाता है।

जब भी तुम्हारे मन में काम-वासना उठे तो एक छोटा-सा प्रयोग करो। धीरे-धीरे तुम्हारी राह साफ हो जाएगी। जब भी तुम्हें लगे कि काम-वासना तुम्हें पकड़ रही है, तब डरो मत।

शांत होकर बैठ जाओ। जोर से श्वास को बाहर फेंको-उच्छ्वास। भीतर मत लो श्वास को, क्योंकि जैसे ही तुम भीतर गहरी श्वास को लोगे, भीतर जाती श्वास काम-ऊर्जा को नीचे की तरफ धकेलती है।

जब तुम्हें काम-वासना पकड़े, तब एक्सहेल करो, बाहर फेंको श्वास को। नाभि के भीतर खींचो, पेट को भीतर लो और श्वास को बाहर फेंको, जितनी फेंक सको। धीरे-धीरे अभ्यास होने पर तुम संपूर्ण रूप से श्वास को बाहर फेंकने में सफल हो जाओगे।

जब सारी श्वास बाहर फिंक जाती है, तो तुम्हारा पेट और नाभि वैक्यूम हो जाती है, शून्य हो जाते हैं और जहां कहीं शून्य हो जाता है, वहां आस-पास की ऊर्जा शून्य की तरफ प्रभावित होने लगती है। शून्य खींचता

है, क्योंकि प्रकृति शून्य को बर्दाश्त नहीं करती, शून्य को भरती है। तुम्हारी नाभि के पास शून्य हो जाए, तो मूलाधार से ऊर्जा तत्क्षण नाभि की तरफ उठ जाती है और तुम्हें बड़ा रस मिलेगा – जब तुम पहली बार अनुभव करोगे कि एक गहन ऊर्जा बाण की तरह आकर नाभि में उठ गई। तुम पाओगे, सारा तन एक गहन स्वास्थ्य से भर गया। एक ताज़गी। यह ताज़गी वैसी ही होगी, ताज़गी का ठीक वैसा ही अनुभव होगा, जैसा संभोग के बाद उदासी का होता है, जैसे ऊर्जा के स्खलन के बाद एक शिथिलता पकड़ लेती है।

संभोग के बाद जैसे विषाद का अनुभव होगा, वैसे ही अगर ऊर्जा नाभि की तरफ उठ जाए, तो तुम्हें हर्ष का अनुभव होगा। एक प्रफुल्लता घेर लेगी। ऊर्जा का रूपांतरण शुरू हुआ। तुम ज्यादा शक्तिशाली, ज्यादा सौमनस्यपूर्ण, ज्यादा उत्फुल्ल, सक्रिय, अनथके, विश्रामपूर्ण मालूम पड़ोगे, जैसे गहरी नींद के बाद उठे हो, ताज़गी आ गई।

इसलिए जो लोग भी मूलाधार से शक्ति को सक्रिय कर लेते हैं, उनकी नींद कम हो जाती है, जरूरत नहीं रह जाती। वे कम घंटे सोकर भी, उठते ही ताज़गी महसूस करते हैं। ऊर्जा का ऊर्ध्वगमन बड़ा अनूठा अनुभव है और पहला अनुभव होता है, मूलाधार से नाभि की तरफ जब संक्रमण होता है।

यह मूलबंध की सहजतम प्रक्रिया है कि तुम श्वास को बाहर फेंक दो। नाभि शून्य हो जाएगी, ऊर्जा उठेगी नाभि की तरफ, मूलबंध का द्वार अपने आप बंद हो जाएगा। वह द्वार खुलता है ऊर्जा के धक्के से। अब ऊर्जा मूलाधार में नहीं रह जाती, धक्का नहीं पड़ता, द्वार बंद हो जाता है।

इसे अगर तुम निरंतर करते रहे, इसे अगर तुमने एक सतत साधना बना ली और इसका पता किसी को नहीं चलता, तुम इसे बाज़ार में खड़े हुए कर सकते हो, किसी को पता भी नहीं चलेगा, तुम दुकान पर बैठे हुए कर सकते हो, किसी को पता नहीं चलेगा। अगर एक व्यक्ति दिन में कम-से-कम तीन सौ बार, क्षण भर को भी मूलबंध लगा ले, कुछ ही महीनों के बाद पाएगा, काम-वासना तिरोहित हो गई। काम-ऊर्जा रह गई, वासना तिरोहित हो गई।

और तीन सौ बार करना बहुत कठिन नहीं है। यह मैं सुगमतम मार्ग कह रहा हूं, जो ब्रह्मचर्य की उपलब्धि का हो सकता है। फिर और कठिन मार्ग है, जिनके लिए सारा जीवन छोड़कर जाना पड़ेगा, पर कोई जरूरत नहीं है। यह किसी को पता भी नहीं चलेगा कि कब तुमने श्वास बाहर फेंक दी

– बाज़ार में अपनी दुकान पर, दफ्तर में कुर्सी पर बैठे हुए कब तुमने चुपचाप अपने पेट को अंदर खींच लिया। एक क्षण में ऊर्जा ऊपर की तरफ स्फुरण कर जाती है और तुम पाओगे कि उसके बाद घड़ी-आधा घड़ी के लिए तुम एकदम शांत हो गए, हल्के हो गए, एक नई ताज़गी आ गई।

बस तुमने अगर एक बात सीख ली कि ऊर्जा कैसे नाभि तक जाए, शेष तुम्हें चिंता नहीं करनी है। तुम ऊर्जा को, जब भी काम-वासना उठे, नाभि में इकट्ठा करते जाओ, जैसे-जैसे नाभि में ऊर्जा बढ़ेगी, अपने आप ऊपर की तरफ़ उठने लगेगी, जैसे बर्तन में पानी बढ़ता जाए, तो पानी की सतह ऊपर उठती जाए।

असली बात मूलाधार का बंद हो जाना है। घड़े के नीचे छेद बंद हो गया, अब ऊर्जा एकत्रित होती जाएगी। घड़ा अपने आप भरता जाएगा। एक दिन तुम अचानक पाओगे कि धीरे-धीरे नाभि के ऊपर ऊर्जा आ रही है। तुम्हारा हृदय एक नई संवेदना से आप्लावित हुआ जा रहा है।

तुम्हारी ऊर्जा जिस दिन हृदय-चक्र पर आयेगी, तुम पाओगे कि तुम प्रेम से भर गए। तुम जहां भी उठोगे, बैठोगे, तुम्हारे चारों तरफ एक हवा बहने लगेगी प्रेम की। दूसरे लोग भी अनुभव करेंगे कि तुम में कुछ बदल गया है। तुम अब वही नहीं हो। तुम कोई और ही तरंग लेकर आते हो। तुम्हारे साथ कुछ और ही लहर आती है कि उदास प्रसन्न हो जाता है, कि दुःखी थोड़ी देर को दुःख भूल जाता है, कि अशांत शांत हो जाता है, कि तुम जहां छू देते हो, जिसे छू देते हो, उस पर ही छोटी-सी वर्षा प्रेम की हो जाती है। लेकिन, हृदय में ऊर्जा आएगी, तभी यह होगा।

ऊर्जा जब बढ़ेगी, हृदय में कंठ से आएगी, तब तुम्हारी वाणी में एक माधुर्य आ जाएगा। तब तुम्हारी वाणी में एक संगीत, एक सौंदर्य आ जाएगा। तुम साधारण से शब्द बोलोगे और उन शब्दों में काव्य होगा। तुम दो शब्द किसी से कह दोगे और तुम उसे तृप्त कर दोगे। तुम चुप भी रहोगे तो तुम्हारे मौन में भी संदेश छिप जाएंगे। तुम न भी बोलोगे तो तुम्हारा अस्तित्व बोलेगा। ऊर्जा कंठ पर आ गई।

ऊर्जा ऊपर उठती जाती है। एक घड़ी आती है कि तुम्हारे नेत्र पर ऊर्जा का आविर्भाव होता है, तब तुम्हें पहली बार दिखाई पड़ना शुरू होता है, तुम अंधे नहीं होते। उसके पहले तुम अंधे हो, क्योंकि उसके पहले तुम्हें आकार दिखाई पड़ते हैं, निराकार नहीं दिखाई पड़ता, और वही असली है।

सब आकारों में छिपा है निराकार। आकार तो मूलाधार में बंधी हुई ऊर्जा के कारण दिखाई पड़ते हैं, अन्यथा कोई आकार नहीं है।

मूलाधार अंधा चक्र है, इसलिए तो हम काम-वासना को अंधी कहते हैं। वह अंधी है, उसके पास आंख बिल्कुल नहीं है। आंख खुलती है – तुम्हारी असली आंख, जब तीसरे नेत्र पर ऊर्जा आकर प्रकट होती है। जब लहरें तीसरे नेत्र को छूने लगती हैं। तीसरे नेत्र के किनारे पर जब तुम्हारी ऊर्जा की लहरें टकराने लगती हैं, पहली बार तुम्हारे भीतर दर्शन की क्षमता जगती है।

दर्शन की क्षमता, विचार की क्षमता का नाम नहीं है, दर्शन की क्षमता देखने की क्षमता है। वह साक्षात्कार है। जब बुद्ध कुछ कहते हैं तो देखकर कहते हैं। वह उनका अपना अनुभव है। अनानुभूत शब्दों का क्या अर्थ है? केवल अनुभूत शब्दों में सार्थकता होती है।

ऊर्जा जब तीसरी आंख में प्रवेश करती है, तो अनुभव शुरू होता है और ऐसे व्यक्ति के वचनों में तर्क का बल नहीं होता, सत्य का बल होता है। ऐसे व्यक्ति के वचनों में एक प्रामाणिकता होती है, जो वचनों के भीतर से आती है। किन्हीं ब्राह्य प्रमाणों के आधार पर नहीं। ऐसे व्यक्ति के वचन को ही हम शास्त्र कहते हैं। ऐसे व्यक्ति के वचन वेद बन जाते हैं, जिसने जाना है, जिसने जीया है, जिसने परमात्मा को चखा है, जिसने पीया है, जिसने परमात्मा को पचाया है, जो परमात्मा के साथ एक हो गया है। **फिर ऊर्जा और ऊपर जाती है। सहस्त्रार को छूती है।**

पहला सबसे नीचा केंद्र, चक्र है, मूलबंध - मूलाधार। और सबसे अंतिम चक्र को, क्योंकि वह ऐसा है, जैसे सहस्त्र पंखुड़ियों वाला कमल। बड़ा सुंदर है और जब खिलता है तो भीतर ऐसी ही प्रतीति होती है, जैसे पूरा व्यक्तित्व सहस्त्र पंखुड़ियों वाला कमल हो गया है, पूरा अस्तित्व खिल गया।

जब ऊर्जा टकराती है सहस्त्रार से, तो उसकी पंखुड़ियां खिलनी शुरू हो जाती हैं। सहस्त्रार के खिलते ही व्यक्तित्व से आनंद का झरना बहने लगता है। मीरा उसी क्षण नाचने लगती है। 'पग घुंघरू बांध मीरा नाची।' उसी क्षण चैतन्य महाप्रभु पागलों की तरह उन्मुक्त होकर नाचने लगते हैं। चेतना तो प्रसन्न होती है, शरीर का रोआं-रोआं आनंदित हो उठता है। आनंद की लहर ऐसी बहती है कि मुर्दा भी (शरीर तो मुर्दा है वह भी) नाचने लगता है।

– ओशो

(ध्यान विज्ञान)

टी.वी. : श्राप या वरदान

ओशो ने टी.वी. के नकारात्मक पहलुओं को बताया है, साथ-ही-साथ इस माध्यम के द्वारा अनंत संभावनाओं पर भी प्रकाश डाला है।

यह टेलीविज़न है जिसने बच्चों के स्वप्नों को बदल दिया, जो परमात्मा न कर पाया, जो पंडित नहीं कर पाए, जो मां-बाप नहीं कर पाए। वे वर्णानात्मक भाषा का, तर्क का उपयोग करते थे। बच्चा आदिम ढंग से जीता है। वह चित्रों को समझ सकता है। उसकी भाषा चित्रमय है। उसके स्वप्न बहुत ही जीवंत और रंग से भरे होते हैं।

टेलीविज़न ने बच्चों पर, उनके व्यवहार पर, उनके स्वप्नों पर बहुत प्रभाव डाला है, क्योंकि स्वप्न और टेलीविज़न बहुत हद तक एक जैसे लगते हैं। अब बच्चा टेलीविज़न और स्वप्न में भेद नहीं कर सकता और इससे न केवल स्वप्न बदल गए हैं, बल्कि बच्चों का व्यवहार भी बदल गया है।

अमेरिका में छोटे-छोटे बच्चे भी... कुछ ही दिन पहले एक बच्चा अपने पिता की बंदूक लेकर स्कूल पहुंच गया और ऐसे ही चार बच्चों की उसने हत्या कर डाली और ऐसा नहीं कि वे उसके दुश्मन थे या कोई बात थी – बस ऐसे ही क्योंकि टेलीविज़न पर लगातार वह खून-खराबा देख रहा था, तो उसने भी बंदूक चला दी... उसे लगा इसमें बड़ा मज़ा है। यह कोई अपवाद घटना नहीं है। बच्चे छोटी लड़कियों से बलात्कार करते पकड़े गये हैं और यह सब विचार उन्हें टेलीविज़न से मिले हैं। सात-आठ साल के बच्चे नशीली दवाएं ले रहे हैं। उन्होंने हिप्पियों को भी बहुत पीछे छोड़ दिया है। हिप्पी बनने में कम-से-कम 18 से 20 साल लगते हैं।

लेकिन आज के बच्चे नशीली दवाएं ले रहे हैं, क्योंकि इसी प्रकार की कहानियां वे टेलीविज़न पर देखते हैं, जिससे स्वभावत: उनका रस इसमें

जगता है और बच्चे टेलीविज़न पर जो भी देखते हैं, उसे जानने में उनकी बड़ी उत्सुकता हो जाती है। सात साल के बच्चे नशीली-से-नशीली दवाएं ले रहे हैं और अमेरिका में यह ख़तरा व्यापक पैमाने पर बढ़ता जा रहा है और हैरानी की बात है, हर सरकार जानती है कि टेलीविज़न लोगों को इतना नुकसान पहुंचा रहा है, उसके मालिक वे बड़ी-बड़ी कम्पनियां हैं, जो राजनीतिज्ञों को चुनाव लड़ने के लिए पैसा देती हैं... और इन कम्पनियों को लोगों की मानसिकता या उनकी अशांति की कोई परवाह नहीं है। उनका सारा रस तो इसमें है कि कैसे पचास प्रतिशत समय में विज्ञापन भर दिए जाएं – वह उनकी आय है। लेकिन वह आय तभी संभव है जब लाखों लोग टेलीविज़न और उनके कार्यक्रम देखें, वरना तो कौन विज्ञापन देगा।

मेरे हिसाब से सभी टेलीविज़न केंद्र यूनिवर्सिटियों, कॉलेजों और स्कूलों के अंतर्गत होने चाहिए और उनमें ऐसे कार्यक्रम हों, जो लोगों को शिक्षित करें। विज्ञापन बिल्कुल नहीं होने चाहिए – वे कोई शिक्षा नहीं हैं, वे कुशिक्षा हैं, वे शोषण हैं। लोगों को इतिहास सिखाया जाना चाहिए। छोटे बच्चे जो भाषा में नहीं समझ पाते, वे सरलता से इतिहास को जानने में, भूगोल को समझने में, दूसरे विषयों को जानने में उत्सुक हो जाएंगे। हर वर्ग के बच्चों के लिए विज्ञान, साहित्य, कथा, काव्य, चित्रकारी और हर विद्या के कार्यक्रम दिखाए जा सकते हैं।

हर विषय में बच्चों का रस जगाया जा सकता है, फिर जिसमें भी वे उत्सुक हों। यदि संगीत में उनका रस है तो उन्हें संगीत और संगीत वाद्यों के संबंध में सिखाया जा सकता है। यदि चित्रकारी में उनका रस है तो उन्हें चित्रकला, मूर्तिकला आदि सिखाई जा सकती है। उन्हें ध्यान सिखाया जा सकता है। एक बार टेलीविज़न शोषकों और धर्म-उपदेशकों के हाथों से निकल जाएं, तो हर प्रकार की संभावनाएं उपलब्ध हैं।

– ओशो

(गॉड इज़ नो व्हेयर, लाइफ़ इज़ नाऊ हेयर)

पंडित व संत का भेद

कौशल-नरेश प्रसेनजित के पिता का, अग्निदत्त नामक ब्राह्मण पुरोहित था। जब कौशल-नरेश के पिता का देहांत हो गया, तब वह कौशल-नरेश के सत्कार-सम्मान करने पर घर-द्वार छोड़कर परिव्राजक बन गया। वह पंडित, अग्निदत्त। उसके पांडित्य की कीर्ति जो चारों ओर फैली ही थी, अब इस महात्याग ने तो सोने में सुगंध का काम किया। अतः वह थोड़े ही दिनों में हज़ारों शिष्यों से घिर गया। वह घूम-घूमकर उपदेश देता – तीर्थों की शरण जाओ, पवित्र नद-नदियों की शरण जाओ, मूर्ति-मंदिरों की शरण जाओ, श्रुति-स्मृतियों की शरण जाओ, यज्ञ विधि-विधानों की शरण जाओ, ऐसे परम आनंद को उपलब्ध होओगे। ऐसी उसकी शिक्षा थी।

एक बार यह अग्निदत्त अपने शिष्यों सहित श्रावस्ती के पास विहार कर रहा था और भगवान बुद्ध भी श्रावस्ती में विराजमान थे, तो भगवान ने अपने एक प्रमुख शिष्य मौद्गलायन को बुलाकर कहा – मौद्गलायन भगवान के जीते जी संबोधि को उपलब्ध हो गया था; वह परम ज्ञान को उपलब्ध हो गया था – तो उन्होंने मौद्गलायन को बुलाकर कहा कि जाओ, इस बेचारे अग्निदत्त को भी जगाओ। फिर अगर जरूरत पड़ी तो मैं भी आऊंगा, तो मौद्गलायन गए।

लेकिन सोये हुओं को जगाना इतना आसान तो नहीं। फिर सोए पंडित हों तो और भी मुश्किल है। और फिर उनके पास शिष्यों की भीड़ हो तो तब तो फिर करीब-करीब असंभव है। लेकिन भगवान ने कहा तो मौद्गलायन गए। अग्निदत्त ने तो उनमें ज़रा भी रुचि न ली। उसने तो उससे बैठने को भी न कहा। वह विवाद पर तैयार हो गया। वे तो विवाद करने न आए थे, वे तो कोई संदेश देने आए थे, लेकिन वह संदेश सुनने को भी राजी न था। ऐसी बातचीत में ही रात हो गई, तो मौद्गलायन ने कहा –

''मुझे कम-से-कम रात तो आपके आश्रम में रुक जाने दें। अग्निदत्त ने कहा – ''इस आश्रम में इस तरह के लोगों के रुकने की कोई संभावना नहीं। तुम भ्रष्ट हो, तुम तो दूसरों को भ्रष्ट करना चाहते हो।''

मजबूरी थी तो मौद्गलायन पास में ही बालुका की एक राशि पर नदी के किनारे जाकर सो गए। ठंडी रात थी और अग्निदत्त तथा उसके शिष्य बड़े प्रसन्न हुए, क्योंकि बालुका राशि पर कोई जाता नहीं था, वहां एक नागराज का निवास था और वह नागराज बड़ा ख़तरनाक था। जो आदमी वहां पहुंच जाए तो ख़त्म, ज़िंदा वहां से कोई लौटता नहीं था। अग्निदत्त ने सोचा चलो झंझट टला। यह भी कैसे आदमी को बुद्ध ने भेजा, जिसको इतना भी बोध नहीं है कि कहां सोने जा रहे हैं। जहां मौत आएगी।

अग्निदत्त के शिष्य सुबह जल्दी-जल्दी शीघ्र उठे और देखने गये कि देखें मरा हुआ पड़ा होगा बेचारा। वहां जाकर देखा तो चकित रह गए। वह तो ध्यान लगाए बैठे हैं और नागराज अपना फन उनके ऊपर किए रक्षा कर रहा है। चकित! भागे सभी शिष्य। अग्निदत्त अकेला अपने आसन पर बैठा रह गया उसे बड़ा बुरा भी लगा, बड़ी ग्लानि भी हुई और उत्सुकता भी जगी, वह भी देखना चाहता था। था तो वैसा ही जैसे बच्चे होते हैं, कोई बोध तो उसे था नहीं। उत्सुकता, कौतूहल, वह भी पीछे से आया। चुपचाप आकर देखा, चमत्कृत। मौद्गलायन को देखकर जो ज़रा भी प्रभावित न हुआ था, वह भी इस चमत्कार को देखकर प्रभावित हुआ। मूढ़ों के प्रभावित होने के अपने ढंग होते हैं। सारे शिष्य मौद्गलायन के चरणों में गिर पड़े। अग्निदत्त इतनी हिम्मत तो नहीं कर पाया, लेकिन दुःखी बहुत हुआ, मन में नाराज भी बहुत हुआ कि ये शिष्य उसके चरणों में झुक रहे हैं।

तभी बुद्ध का आगमन हुआ। जब बुद्ध आकर खड़े हो गए, मौद्गलायन ने आंखें खोलीं और वह उनके चरणों में गिरा – मौद्गलायन अपने गुरु के चरणों में गिरा। तब तो शिष्य बड़े हैरान हुए। उन्होंने कहा कि जब यह शिष्य इतना चमत्कारी है तो इसके गुरु का क्या कहना। वे सब बुद्ध के चरणों में गिरे।

अग्निदत्त ने डरते-डरते बुद्ध से पूछा – ''यह चमत्कार क्या है?'' बुद्ध ने कहा – ''यह चमत्कार दूसरी तरफ से सोचो, उससे भी बड़ा चमत्कार हुआ कि तुम मनुष्य हो और न पहचान सके और सर्प ने पहचान लिया।''

बुद्ध ने कहा – ''पागल तू इससे प्रभावित हो रहा है, लेकिन यह नहीं

सोचता कि मौद्गलायन तेरे पास आया। मैंने उसे भेजा और तू अंधे की तरह रहा, तूने देखा नहीं।" ऐसी अवस्था में अग्निदत्त किंकर्तव्यविमूढ़ बुद्ध के सामने खड़ा रह गया। एक मन झुकने को होने लगा, एक मन अकड़ने को। ब्राह्मण कैसे झुक जाए क्षत्रिय के पैरों में? पंडित, ज्ञानी अपने को मानता था। इतने शिष्य, कैसे झुक जाएं? लेकिन भीतर कोई चीज झुकने को भी होने लगी।

तब बुद्ध ने अग्निदत्त से पूछा – "तुम्हारी शिक्षा का सार क्या है? तुम लोगों को क्या समझाते हो?" तो उसने अपना सूत्र दोहराया – "तीर्थों की शरण में जाओ, पवित्र नद-नदियों की शरण में जाओ, ऐसे परम आनंद को उपलब्ध होओगे।" बुद्ध ने कहा – "पागल, इन शरणों से कोई कभी दुःख से छुटकारा पाया है। तुमने पाया? तुम अपनी कहो, तुम्हें दुःख से छुटकारा मिला है? तुम्हारे जीवन में आनंद की किरण उतरी है? और कम-से-कम बेईमानी मत कर। मैं तुम्हारा साक्षी तुम्हारे सामने खड़ा हूं, तुमने सुख पाया है? अपने भीतर देखो। और जो तुम्हें नहीं मिला, तो तुम्हारी शिक्षा से दूसरों को कैसे मिल जाएगा?"

इस कथा को समझाते हुए ओशो ने भगवान बुद्ध के आर्य-आष्टांगिक मार्ग को वास्तविक सुख पाने का मार्ग बताया। वे बोले –

पहला सूत्र है आठ अंगों में – सम्यक् दृष्टि।

जो है, वही देखना। जैसा है, वैसा ही देखना। अन्यथा न करना। कोई धारणा बीच में न लानी। कामना, वासना, धारणा को बीच में न लाना। जो है, जैसा है, वैसा ही देखना। अब यह अग्निदत्त बुद्ध के सामने खड़ा है, जैसा है, वैसा नहीं देख रहा है। सोचता है यह क्षत्रिय है, सोचता है यह वेद-विरोधी है; ये धारणाएं हैं। नागराज पहचान सके मौद्गलायन को और अग्निदत्त चूक गया। कैसे चूका होगा? धारणाओं के कारण। काश, धारणाओं को हटाकर, धारणाओं के मेघों को हटाकर देखता, तो जो था वह उसे भी दिखाई पड़ जाता। इसको कहते हैं – सम्यक् दृष्टि।

दूसरा है – सम्यक् संकल्प।

हठ मत करना। अक्सर लोग हठ को संकल्प मान लेते हैं और हठी आदमी को कहते हैं, यह संकल्पवान है। ज़िद्दी को संकल्पवान कहते हैं। ज़िद्द तो अहंकार है। संकल्प में कोई अहंकार नहीं होता। हठ और संकल्प में यही फर्क है। हठ में असली मुद्दा अहंकार का है। आदमी कहता है, ऐसा

करके दिखाऊंगा, ऐसा करके रहूंगा। क्या कर रहा है, इसकी बहुत चिंता नहीं है, लेकिन यह अहंकार का दावा है कि यह करके रहूंगा, नहीं कर पाया तो बड़ी ग्लानि हो जाएगी। धन में रस नहीं है, लेकिन धनी होकर दिखाना है। पद में रस नहीं है, लेकिन पदवान होकर दिखाना है। कुछ करके दिखाना है। यह जो बात है, यह असम्यक् संकल्प है।

बुद्ध कहते हैं – "सम्यक् संकल्प का अर्थ होता है जो करने योग्य है, यह करना है। और जो करने योग्य है, उस पर पूरा जीवन दांव पर लगा देना। लेकिन किसी अहंकार के कारण नहीं, वह करने योग्य है, इसलिए।

तीसरा है – सम्यक् वाणी।

जो है वही कहना। वैसा ही कहना, अन्यथा नहीं। बदलकर नहीं, ऊपर कुछ, भीतर कुछ, ऐसा नहीं। क्योंकि अगर तुम सत्य की खोज में चले जाते हो तो पहली शर्त पूरी करनी पड़ेगी कि तुम सच्चे हो जाओ। जो सच्चा हो गया है, सत्य का उसी से संबंध जुड़ेगा। जो झूठा है, उससे सत्य का संबंध न जुड़ सकेगा।

मैंने सुना है, एक छोटा बच्चा घर में आए मेहमानों से बोला – "आप सब यहां मरने के लिए आए हैं क्या अंकल?" चार वर्षीय राजू की यह बात सुनकर सब मेहमान हैरान रह गए। दादी ने तो बहुत डांटा राजू को और कहा – "यह क्या बोल रहा है?" राजू ने कहा – "मुझे क्या मालूम, मां ही कह रही थीं मुझे सुबह कि अगर मुझे पता होता कि ये सब यहां आकर मरेंगे तो मैं छुट्टियों में कहीं और चली जाती।"

मेहमान घर में आता है तो भाव कुछ, कहते कुछ, बताते कुछ। सुबह किसी को मिल जाते हो तो मन तो यह होता है – कहां से इस दुष्ट की शक्ल दिखाई पड़ गई। मगर ऊपर से कहते हो कि दर्शन हुए बड़े दुर्लभ, बड़े दिनों में दिखाई पड़े, बड़ी कृपा हुई और भीतर यह कि यह दुष्ट न दिखाई पड़ता तो अच्छा, पता नहीं मुकदमा जीतेंगे कि हारेंगे, यह सुबह से कहां दर्शन हो गए।

सम्यक् वाणी का अर्थ होता है, जैसा है – चाहे जो भी कीमत चुकानी पड़े – पाखंड नहीं। अगर कोई बात पसंद नहीं आती तो निवेदन कर देना कि पसंद नहीं आती। अगर कोई बात पसंद आती है तो निवेदन कर देना कि पसंद आती है। झुठलाना मत। झूठे पाखंड अपने आसपास खड़े मत करना।

मुल्ला नसरुद्दीन का एक बहुत पुराना मित्र उसके घर आया। तपाक से मुल्ला उठा, पहले हाथ-से-हाथ मिलाया और फिर गले-से-गले मिला।

फिर प्रसन्नता के अतिरेक में उसे गोद में उठाकर ड्राइंग रूम तक लाया। अंदर आया तो पत्नी ने कुढ़कर पूछा – "मुल्ला! जब मेरी कोई सहेली आती है तो तुम्हें जैसे सांप सूंघ जाता है, तब भी कभी प्रसन्न हुए हो इतना?" मुल्ला ने कहा – "भाग्यवान! कुछ मत पूछ। प्रसन्न तो इससे भी ज्यादा होता हूं, मगर प्रकट नहीं करता। अगर तू कह दे कि प्रकट करने की छूट है, तो अगली बार देखना, तेरी सहेली को जो पकडूंगा, गोद में बिठाऊंगा तो छोड़ूंगा भी नहीं। मन तो यही होता है कि खूब प्रसन्न होऊं, लेकिन तेरे डर के कारण नहीं हो पाते।"

तुम अपने जीवन में थोड़ा देखना, तुम कुछ हो भीतर, बाहर कुछ बताए चले जाते हो। धीरे-धीरे यह बाहर की परत इतनी मजबूत हो जाती है कि तुम भूल ही जाते हो कि तुम भीतर क्या हो। सम्यक् वाणी का अर्थ होता है, धीरे-धीरे सभी अर्थों में, दृष्टि में, संकल्प में, वाणी में हृदय की अंतर्तम अवस्था को झलकने देना।

चौथा है – सम्यक् कर्मांत।

वही करना जो वस्तुतः तुम्हारा हृदय करने को कहता है। व्यर्थ की बातें मत किए चले जाना। किसी ने कह दिया तो कर लिया। अक्सर तुम करते हो ऐसा। पड़ोसी एक मोटर ख़रीद लाया, कार ख़रीद लाया, अब तुमको भी ख़रीदनी है। तुम्हें एक दिन पहले तक कोई कार नहीं ख़रीदनी थी, तुम बिल्कुल मज़े में जी रहे थे, अब एक झंझट हो गया। पड़ोसी का अनुकरण करना है। अधिकतर लोग अनुकरण में ही मारे जाते हैं।

सम्यक् कर्मांत का अर्थ है, वही करना है जो तुम्हें करने योग्य लगता है। ऐसे हर किसी की बात में मत पड़ जाना, नहीं तो तुम्हारी छीछालेदर हो जाएगी। हज़ारों लोग हज़ारों ढंग से काम कर रहे हैं, मगर तुम हर दिशा में दौड़ने लगे, तो तुम्हारा कर्म धीरे-धीरे बिखर जाएगा। तुम्हारी धारा हज़ार खंडों में टूट जाएगी, तुम सागर तक न पहुंच पाओगे। सम्यक् कर्मांत का अर्थ है, एक दिशा पर नज़र रखना, जो तुम्हें करना है, वही करना। और-और दिशाओं में अपने जीवन-श्रम को मत बंट जाने देना। तब तुम्हारे भीतर एक समरसता पैदा होगी।

अभी तो ऐसा है कि बहुत खंड हैं, कुछ कहते, कुछ सोचते, कुछ करते, कल कुछ करते, परसों कुछ करने लगते। इधर एक मकान उठाना शुरू किया, फिर आधा छोड़ दिया, फिर दूसरा मकान बनाने लगे। इधर एक

कुआं खोदा दो हाथ, फिर छोड़ दिया, फिर दूसरा कुआं खोदने लगे। ऐसे करते तो तुम बहुत हो, लेकिन फल हाथ नहीं आता। फल आने के लिए सातत्य चाहिए।

मेरे पास लोग आते हैं, वे कहते हैं, ध्यान करना कई बार शुरू करते हैं, फिर बंद हो जाता है। एक दिन करते, दो दिन करते, फिर छूट जाता। फिर लौटते, फिर करते, फिर छूट जाता। तो फिर नहीं होगा। **जीवन में एक सातत्य, एक संकल्प, जो चुना है करने के लिए उसे करते रहने का धीरज, प्रतीक्षा, सहिष्णुता। आज ही फल तो नहीं आ जाएगा। बीज बोए हैं तो वक्त लगेगा, प्रतीक्षा करनी पड़ेगी, मौसम आएगा ठीक, अनुकूल तब बीज अंकुरित होंगे, फिर वृक्ष बड़े होंगे, वर्षों लगेंगे तब कहीं फल होंगे – प्रतीक्षा करनी होगी।**

पांचवां है – सम्यक् आजीव।

बुद्ध कहते हैं, हर किसी चीज को आजीविका मत बना लेना। अब कोई आदमी कसाई बनकर अपनी रोटी कमा रहा है। यह भी कोई कमाना हुआ। रोटी ही कमानी थी, हज़ार ढंग से कमा सकते थे, कसाई होने की क्या ज़रूरत थी? यह बड़ी असम्यक् आजीविका है। कोई स्त्री वेश्या होकर रोटी कमा रही है। कोई सम्यक् आजीविका खोजना। रोटी तो कमानी ही है, यह बात सच है, लेकिन सम्यक् खोजना।

और ध्यान रखना, अगर तुम्हारी आजीविका सम्यक् हो, तो तुम्हारे जीवन में शांति होगी। अगर तुम्हारी आजीविका सम्यक् हो तो सत्य और तुम्हारे बीच अनेक बाधाएं कम हो जाएंगी। अब अगर कोई आदमी झूठ का ही धंधा कर रहा है – समझो कि वकील है – अब बड़ा मुश्किल हो गया, इसको जीवन में सत्य को लाना। इसका धंधा ही झूठ है। झूठ इसकी आजीविका है। झूठ में जितना पारंगत होगा, उतनी ही सफलता मिलने वाली है। अब सत्य से तो यह डरेगा, सत्य का कोई संबंध ही नहीं इसकी आजीविका से। इसको तो झूठ को ही सत्य सिद्ध करना है और ध्यान रखना, वही वकील सफल होता है, जो अदालत में झूठ को सत्य सिद्ध ही नहीं करता, बल्कि इस तरह सिद्ध करता है कि लगे कि सत्य है ही। खुद भी आंदोलित दिखाई पड़ता है, जैसे वह खुद आंखों से देखा है, सामने मौजूद था। क्योंकि अगर वकील खुद ही आश्वस्त नहीं है तो अदालत को आश्वस्त नहीं कर पाएगा। अगर भीतर खुद ही जान रहा है कि यह झूठ है,

तो झूठ की ख़बर मिलती रहेगी उसके चेहरे के ढंग से, जानेगा कि मामला तो हारे ही हैं, जीवन मुश्किल है। तो उदास होगा, प्रफुल्लित न होगी, बल न होगा, वाणी में प्रभाव न होगा।

सम्यक् आजीव का अर्थ है, सृजनात्मक आजीविका। ऐसी कुछ आजीविका चुनना, जो तुम्हारे जीवन को परमात्मा की तरफ ले जाने में सृजनात्मक हो, विध्वंसात्मक न हो।

छठवां है – सम्यक् व्यायाम।

अति न करना। बुद्ध कहते हैं – "कुछ लोग हैं आलसी और कुछ लोग हैं अति कर्मठ। दोनों ही नुकसान में पड़ जाते हैं। आलसी उठता ही नहीं, तो पहुंचे कैसे। कर्मठ मंज़िल के सामने से भी निकल जाता है दौड़ता हुआ, रुके कैसे, वह रुक ही नहीं सकता। रुकने की उन्हें आदत नहीं है। मैं दोनों तरह के लोगों को जानता हूं, दोनों ध्यान में नहीं पहुंच पाते। आलसी कुछ करता ही नहीं, कर्मठ ज्यादा कर जाता है।" तुम अगर तीर लेकर निशाना लगाने गए हो, तो निशाना सम्यक् होना चाहिए। अगर थोड़ा नीचे पड़ा तो भी चूक जाएगा तीर, अगर थोड़ा ऊपर पड़ गया तो भी चूक जाएगा तीर। जब तुम तीर को चलाओ, तब प्रत्यंचा सम्यक् खिंचनी चाहिए। अगर थोड़ी कम खिंची तो तीर पहले ही गिर जाएगा, अगर थोड़ी ज्यादा खिंच गई तो तीर आगे निकल जाएगा।

इसलिए बुद्ध का जोर अति वर्जित करने पर है। बुद्ध कहते हैं – "सम्यकत्व, मध्य, मज्झिम निकाय। सम्यक् व्यायाम।

सातवां है – सम्यक् स्मृति।

व्यर्थ को भूलना और सार्थक को संभालना। तुम अक्सर उल्टा करते हो, सार्थक तो भूल जाते हो, व्यर्थ को याद रखते हो, कुछ ऐसा ही है कि हीरे-हीरे तो छोड़ देते हो, कूड़ा-कचरा सब इकट्ठा कर लेते हो। जीवन में जो भी बहुमूल्य है, उसको तो बिसार देते हो। सबसे महत्त्वपूर्ण तो तुम्हारी चेतना है, उसको तो तुम बिल्कुल बिसारकर बैठ गए हो और ठीकरे इकट्ठे कर रहे हो और उनका हिसाब लगा रहे हो। तिजोरी में कितने रुपये हैं तुम्हें पता है, लेकिन तुम्हारे भीतर कौन बैठा है, यह तुम्हें पता नहीं है। इसको बुद्ध ने कहा है – सम्यक् स्मृति।

बुद्ध के स्मृति शब्द से ही संतों का सुरति शब्द आया। सुरति स्मृति का ही अपभ्रंश है। कबीर जिसको सुरति कहते हैं, वह बुद्ध की स्मृति ही

है। उसका ही थोड़ा मीठा कर लिया – सुरति, अपनी याद, अपनी पहचान।

और आठवां है – सम्यक् समाधि।

बुद्ध समाधि में भी कहते हैं सम्यक्, खयाल रखना। क्यों? क्योंकि ऐसी भी समाधियां हैं जो सम्यक् नहीं हैं – जड़ समाधि। एक आदमी मूर्च्छित पड़ जाता है, इसको बुद्ध सम्यक् समाधि नहीं कहते। ऐसा आदमी गहरी निद्रा में पड़ गया, बेहोशी। मन के तो पार चला गया है, लेकिन ऊपर नहीं गया, नीचे चला गया। मन तो बंद हो गया, क्योंकि गहरी मूर्च्छा में मन तो बंद हो जाएगा, लेकिन यह बंद होना कुछ काम का न हुआ। मन बंद हो जाए और होश भी बना रहे। मन तो चुप हो जाए, विचार तो बंद हो जाएं, लेकिन बोझ न खो जाए।

तीन स्थितियां हैं मन की। स्वप्न, जागृति, सुषुप्ति। स्वप्न तो बंद होना चाहिए – चाहे सम्यक् समाधि हो, चाहे असम्यक् समाधि हो, स्वप्न तो दोनों में बंद हो जाएगा। विचार की तरंगें बंद हो जाएंगी। लेकिन जड़ समाधि में आदमी गहरी मूर्च्छा में पड़ गया, सुषुप्ति में डूब गया, उसे होश ही नहीं है। जब वापस लौटेगा तो निश्चित ही शांत लौटेगा, बड़ा प्रसन्न लौटेगा, क्योंकि इतना विश्राम मिल गया। लेकिन यह कोई बात न हुई। यह तो नींद का ही प्रयोग हुआ, यह तो योगतंद्रा हुई। असली बात तो तब घटेगी जब तुम भीतर जाओ और होशपूर्वक जाओ। तब तुम प्रसन्न भी लौटोगे, आनंदित भी लौटोगे और प्रज्ञावान होकर भी लौटोगे। तुम बाहर जाओगे, तुम्हारी ज्योति और होगी। तुम्हारी प्रभा और होगी। तुम्हारे चारों ओर रोशनी होगी। तुम्हारे चारों ओर जीवन में सुगंध होगी।

ऐसा समझो कि एक आदमी को हम स्ट्रेचर पर लिटा दें। क्लोरोफॉर्म दे दें और फिर बगीचे में घुमा दें। तो निश्चित ही उसकी नाक तो काम कर ही रही है, फूलों की गंध भी उसके भीतर जाएगी – उसे पता नहीं चलेगा। वृक्षों की ताज़ी हवा भी उसको लगेगी, शीतल भी होगा – उसे पता नहीं चलेगा। फिर जैसे-जैसे वह होश में आने लगे, हम जल्दी उसे बगीचे के बाहर ले जाएं। आंख खोलकर वह कहेगा, अच्छा लगा। कुछ-कुछ भनक याद आएगी – ताज़ा था, सुगंध थी, मगर ज्यादा कुछ पकड़ में न आएगी। और किस रास्ते गया और किस रास्ते लौटा, यह भी पता नहीं होगा। फिर खुद न जा सकेगा। अगर उसको तुम छोड़ दो जाने दो तो खुद न जा सकेगा, रास्ते का पता नहीं है।

दो तरह की समाधियां हैं। जड़ समाधि - आदमी गांजा पीकर जड़

समाधि में चला जाता है, अफीम खाकर जड़ समाधि में चला जाता है, मारीजुआना, एल.एस.डी., मेस्कलीन इनको लेकर जड़ समाधि में चला जाता है। अभी पश्चिम में जड़ समाधि का खूब प्रभाव चल रहा है। भारत में तो रहा ही बहुत दिनों से – गंजेड़ी, भंगेड़ी, सब तरह के साधु-संन्यासी तुम्हें मिल जाएंगे। वह जड़ समाधियां हैं। बुद्ध ने उनका बड़ा विरोध किया। बुद्ध ने कहा – "यह भी कोई बात है, माना कि सुख मिलता है, इसमें कोई शक़ नहीं है – तुम भी अगर भांग खाकर डूब गए मस्ती में तो सुख मिलता है। गांजे की दम लगा ली तो डूब गए, एक तरह का सुख मिलता है। शराब भी इसी तरह के सुख को देती है – भूल गए सब, डूब गए अपने में, मगर यह डुबकी नींद की है। यह कोई डुबकी हुई। यह कुछ मनुष्य योग्य हुआ। ऊपर उठो, जागते हुए भीतर जाओ। दीया लेकर भीतर जाओ। मशाल लेकर भीतर जाओ, ताकि सारे रास्ते में भी उजाला हो जाए और तुम्हें पता भी हो जाए, तो जब जाना हो तब चले जाओ। और तुम फिर किसी चीज पर निर्भर न रहोगे।

तो तुमने देखा, हिन्दू-संन्यासी तुम्हें मिल जाएंगे। कुंभ के मेले में – दम लग रही, सत्संग हो रहा। दम मारो दम। सत्संग हो रहा है, ब्रह्मचर्या चल रही है। यह कुछ नई बात नहीं है, इस देश में पांच हज़ार साल से चल रही है। यह सब समझते हैं कि ये सब शंकर जी के शिष्य हैं। बम भोले। इसका बुद्ध ने बहुत विरोध किया, क्योंकि बुद्ध ने कहा – "असली ही बात चूकी जा रही है। असली बात है, जाग्रत होकर आनंद को उपलब्ध हो जाना।" उसी को उन्होंने सम्यक् समाधि कहा। यह आर्य-अष्टांगिक मार्ग। बुद्ध कहते हैं – चार आर्य सत्य हैं – दुःख है, दुःख की उत्पत्ति है, दुःख से मुक्ति है और मुक्तिगामी आर्य-आष्टांगिक मार्ग है। ये आठ अंग हैं उस दुःख-मुक्ति के लिए।

ऐसा बुद्ध का संदेश –

अब न गहरी नींद में तुम सो सकोगे,
गीत गाकर मैं जगाने आ रहा हूं।
अतल अस्ताचल तुम्हें जाने न दूंगा।
अरुण उदयाचल सजाने आ रहा हूं।

– ओशो

(एस धम्मो सनंतनों # 65)

चेतना की चार अवस्थाएं :
जागृत, स्वप्न, सुषुप्ति, तुरीय

हमने चार अवस्थाएं खोजी हैं पूरब में। एक जिसको हम साधारणतः जागृत कहते हैं वह सबसे नीची अवस्था है। उससे ऊपर है स्वप्न। तुम थोड़े चौंकोगे। तुम्हारे तथाकथित जागृत से स्वप्न ऊंची अवस्था है, क्योंकि जागृत से स्वप्न ऊंची अवस्था है, क्योंकि जागृत में तो तुम बेईमान होते हो, धोखेबाज होते हो, पाखंडी होते हो। तुम सब तरह से ऐसा दिखलाना चाहते हो जैसे तुम नहीं हो। और वह छिपा लेते हो जो तुम हो। और दूसरों से ही नहीं, अपने से भी छिपा लेते हो। धोखा इतना गहरा हो जाता है कि और तो और खुद भी धोखे में आ जाते हो। जाल इतना फैला लेते हो कि कोई और फंसे या न फंसे, लेकिन तुम निश्चित ही फंस जाते हो। जैसे मकड़ी खुद ही अपने जाल में फंस गई हो। निकलने का रास्ता नहीं सूझता। तुम्हारा होश ही धोखाधड़ी से भरा है।

आधुनिक मनोविज्ञान पूरब की इस परम खोज को अब स्वीकार करता है, इसलिए मनोवैज्ञानिक के पास आकर अगर तुम जाओ तो वह तुम्हारे जागरण के संबंध में कुछ भी न पूछेगा, हां, तुम्हारे स्वप्नों के संबंध में पूछेगा, क्योंकि स्वप्न कम-से-कम स्वाभाविक हैं। स्वप्नों में कम-से-कम तुम बेईमानी नहीं कर सकते। स्वप्नों में कम-से-कम तुम पाखंडी नहीं होते। जागरण में शायद तुमने उपवास किया हो, लेकिन स्वप्न में तुमने सब तरह के भोजन भोगे। वह जो तुमने दबा लिया था जागरण में, स्वप्न में उभर आया। जागरण में चाहे तुम संन्यासी होओ, लेकिन स्वप्न में तुम स्वर्ण के महल निर्मित करते हो, उनमें निवास करते हो। तुम्हारे स्वप्न तुम्हारी अंतरात्मा के ज्यादा करीब मालूम होते हैं। कम-से-कम तुम्हारी वस्तु स्थिति के ज्यादा द्योतक हैं, इसलिए मनोवैज्ञानिक तुम्हारे जागरण को तो मूल्य ही

नहीं देता। तुम्हारे जागरण को तो बकवास मानता है। तुम्हारे स्वप्नों पर विचार करता है। तुम्हारे स्वप्नों की व्याख्या करता है।

पूरब के मनीषी हज़ारों साल से इस सत्य को जानते रहे हैं कि मनुष्य धोखेबाज है, लेकिन सपने में उसका वश नहीं चलता। सपने में असलियत ज़ाहिर हो जाती है। सपने में सब प्रकट हो जाता है, जैसा वह है।

सपने से भी ऊपर अवस्था है – सुषुप्ति की। जब स्वप्न समाप्त हो जाते हैं तब केवल एक गहन निद्रा रह जाती है। तुम्हें अपना होश भी नहीं होता, तुम हो या नहीं इसका भी पता नहीं होता ... सुषुप्ति में कोई तुम्हें मार डाले तो तुम्हें पता भी न चलेगा। इसलिए जब शल्य-चिकित्सक तुम्हारा ऑपरेशन करता है, शल्यक्रिया करता है, तो तुम्हें पहले सुषुप्ति में ले जाता है। अनस्थीसिया, क्लोरोफॉर्म – तुम्हें बेहोश करने की दवा देता है कि तुम सुषुप्ति में चले जाओ, ताकि फिर तुम्हारी हड्डी काटी जाएं, हाथ काटे जाएं, पैर काटे जाएं, तुम्हें पता ही न चलेगा। तुम्हें मार भी डाला जाए तो भी तुम्हें पता नहीं चलेगा। इतनी गहरी अवस्था हो जाती है तुम्हारी। लेकिन फिर भी सांस बंद नहीं होती, श्वास चलती रहती है।

श्वास तो चौथी अवस्था में बंद होती है।

सुषुप्ति के ऊपर भी हमने एक अवस्था खोजी है – जो केवल इमने खोजी है। जो दुनिया के किसी दूसरे देश ने नहीं खोजी। इस दुनिया को अगर हमारा कुछ दान है, मनुष्य के चैतन्य-विकास को अगर हमारी ओर से कुछ भेंट है, तो ये कुछ छोटी चीजें हमारी भेंट हैं। छोटी दिखाई पड़ती हैं, लेकिन जो उनको समझते हैं, वे कहेंगे – हमने बड़ी-से-बड़ी संपदा मनुष्य की चेतना को दी है... उस चौथी अवस्था को हमने सिर्फ चौथी अवस्था कहा है। उसे कोई नाम नहीं दिया। उसे कहा है - तुरीय। तुरीय का अर्थ होता है - चौथी। उसे विशेषण नहीं दिया; क्योंकि वह तीनों के पार है। हां, तुरीय अवस्था में श्वास ठहर जाती है, इसलिए जैसे-जैसे तुम ध्यान में गहरे उतरोगे, तुम चकित हो ओगे; कभी-कभी ऐसे क्षण आएंगे ध्यान में, जब तुम्हें लगेगा जैसे श्वास बंद हो गई। घबराना मत, उससे तुम्हारी मृत्यु नहीं होगी, क्योंकि शरीर की श्वास तो बंद हो जाती है – वह बंद ही तब होती है जब तुम्हारे भीतर और एक सूक्ष्म श्वास का अवतरण हो जाता है, और भी एक सूक्ष्म जीवन धारा तुममें बहने लगती है, परमात्मा तुममें प्रवेश करने लगता है, तभी यह श्वास बंद होती है, नहीं तो यह श्वास चलती ही रहेगी।

ध्यान में यदि श्वास बंद हो जाए तो भयभीत न होना... मेरे पास बहुत मित्र आते हैं, बहुत भयभीत आते हैं कि क्या हो रहा है। जब भी हम ध्यान की गहराई में जाते हैं, तो एकदम ऐसा लगता है कि श्वास बंद हो गई, घबराकर लौट आते हैं। डर जाते हैं, जल्दी-जल्दी श्वास लेने लगते हैं कि कहीं मौत न हो जाए। महत अवसर से चूक गए। श्वास बंद हो जाए ध्यान में, इससे बड़ा कोई सौभाग्य नहीं, क्योंकि श्वास जब ध्यान में बंद होती है तो इसका अर्थ ही इतना है कि अब इस छोटे उपाय की जरूरत नहीं रही जीवन को। जीवन महाजीवन से जुड़ गया है। अमृत से जुड़ गया है। परमात्मा से संयुक्त हो गया है।

छोटा बच्चा जब मां के पेट में होता है तो खुद श्वास नहीं लेता, मां श्वास लेती है, उसी श्वास से बच्चे को जीवन देने वाली वायु मिलती है। इसलिए तो जब बच्चा पैदा होता है, मां के गर्भ से तो श्वास लेता पैदा नहीं होता। चिकित्सक का सबसे पहला काम होता है किसी तरह उस बच्चे को श्वास लेने के लिए मज़बूर कर दे। चिकित्सक बच्चे का पैर पकड़कर उल्टा लटका देते हैं। उस उल्टे लटकाने के पीछे राज़ है, क्योंकि नौ महीने मां के पेट में श्वास नहीं ली, मां श्वास लेती थी और जब मां श्वास लेती थी, तो मां का हिस्सा था। उसे अलग से श्वास लेने की कोई जरूरत न थी। तो इन नौ महीने में उसकी पूरी श्वास की जो प्रक्रिया है, वह बंद थी और उसकी श्वास की जो नलिका है, वह भी बंद थी। उसने काम ही नहीं किया था, तो हो सकता है उसकी श्वास की नलिका में कोई अवरोध हो, बलगम भरा हो, तो उल्टा लटकाता है चिकित्सक, ताकि कोई बलगम इत्यादि श्वास की नलिका में भरा हो तो निकल जाए... और बच्चे की नाक से शुरू-शुरू में बलगम निकलता है; श्वास नलिका खाली हो जाती है। अगर बच्चा दो मिनट के भीतर रो न दे, तो घबराहट पैदा हो जाती है कि बच्चा ज़िंदा नहीं है।

रोना बच्चे के श्वास लेने का पहला प्रयोग है। रोकर वह यह घोषणा कर रहा है कि अब मैं अलग हूं। और अलग होना रोने की ही घोषणा है। अलग होने में ही तो हमारे सारे जीवन का दुःख है, हमारे जीवन की पीड़ा है।

कथाएं कहती हैं कि सिर्फ एक आदमी हंसता हुआ पैदा हुआ और वह था - जरथुस्त्र। जरथुस्त्र हंसता हुआ पैदा हुआ। सारी मनुष्य जाति के इतिहास में एक व्यक्ति। जरूर महत्त्वपूर्ण बात है। जरथुस्त्र हंसता हुआ पैदा होगा, क्योंकि वह परमात्मा को जानता हुआ पैदा हुआ। मां उसका जीवन

नहीं थी, परमात्मा उसका जीवन है। ...लेकिन मैं मानता नहीं कि घटना ऐतिहासिक होगी। यह तथ्य नहीं हो सकता। यह केवल जरथुस्त्र के संबंध में एक प्रतीक है कि जरथुस्त्र परमात्मा को जानता ही पैदा हुआ। इस बात को कहने के लिए कहा कि हंसता हुआ पैदा हुआ। हम तो रोते हुए पैदा होते हैं और रोते ही मरते हैं। हम तो रोते पैदा हों और हंसते मर जाएं तो भी बहुत। जरथुस्त्र हंसते हुए पैदा हुआ, हंसते हुए मरा। वह परम जीवन की कल्पना है। जीवन एक उत्सव-ही-उत्सव है।

मां के पेट में बच्चा श्वास नहीं लेता। पैदा होने के दो-तीन मिनट के बाद श्वास लेता है। ऐसे ही जब ध्यान की अवस्था आती है, तब तुम परमात्मा के गर्भ में प्रवेश कर रहे हो; फिर श्वास बंद हो जाती है। जब मां ही काफ़ी थी श्वास लेने को, तो क्या तुम सोचते हो परमात्मा काफ़ी नहीं है श्वास लेने को? वह पर्याप्त है। बूंद सागर में समा गई, अब अपनी क्या चिंता है? परमात्मा में प्रवेश होते ही तुम्हारी श्वास बंद हो जाती है, क्योंकि उसकी श्वास तुम्हारे भीतर बहने लगती है। सद्गुरु के समक्ष भी यह घटना कभी-कभी घटेगी, क्योंकि ध्यान बंध जाएगा। सद्गुरु के पास ध्यान न बंधे तो और कहां ध्यान बंधेगा? सद्गुरु के पास सुर-ताल न मिले तो और कहां सुर-ताल मिलेगा? एक जुगलबंदी बंध जाती है। सद्गुरु तुम्हारे भीतर श्वास लेने लगता है, इसलिए मीरा, ऐसा हो सकता है।

तू कहती है – तुम्हें देखा तो सांसें रुकी ही गईं...

सांस रुक सकती है, ध्यान में। ध्यान किसी भी कारण से हो जाए। एक गुलाब के फूल को देखते-देखते ध्यान हो जाए, सुबह के सूरज को उगते देखते ध्यान हो जाए, कि पक्षी आकाश में उड़े ओर ध्यान हो जाए, तो भी श्वास रुक जाएगी। जब भी ध्यान होगा, श्वास रुक जाएगी। इसका एक बहुत दुष्परिणाम हुआ, इस अनुभूति का। कुछ लोग सोचने लगे कि अगर श्वास रुक जाए तो ध्यान हो जाए। तो योगी श्वास रोकने की कोशिश करते हैं - यह निपट मूढ़ता है। ध्यान होने से जरूर श्वास रुक जाती है, मगर श्वास रोकने से कोई ध्यान नहीं होता। श्वास रोकने से सिर्फ श्वास ही रुकेगी और कुछ नहीं होगा। तड़पोगे भीतर और कुछ नहीं होगा।

ध्यान रखना, सदा ध्यान रखना, उल्टे चलने की कोशिश मत करना। तुम चलते हो तो तुम्हारी छाया तुम्हारे पीछे चलती है। मगर तुम छाया के पीछे चलने की कोशिश मत करना, नहीं तो बड़ी मुश्किल में पड़ जाओगे।

बड़े भटक जाओगे। ध्यान के पीछे-पीछे श्वास बंद हो जाती है। करनी नहीं पड़ती, सहज हो जाती है। और सभी को ऐसा अनुभव हुआ है। कभी क्षण में आकाश तारों से भरा हुआ देखा है और एक क्षण को तुम अवाक् हो गए। अवाक् का अर्थ क्या होता है? वाणी रुक गई, अवरुद्ध हो गई। ठगे रह गए। ठगे रहने का अर्थ क्या होता है? लुट गए जैसे; जैसे कुछ न बचा; मिट गए जैसे; खो गए जैसे।

तुम फिल्म देखने जाते हो। तुमने खयाल किया? फिल्म देखने के बाद तुम्हारी आंखें थक क्यों जाती हैं? फिल्म के कारण नहीं, थकने का कारण कुछ और है। जब तुम फिल्म देखते हो तब तुम्हारी आंख का झपकना बंद हो जाता है, उसकी वज़ह से आंख थकती है। तुम ऐसे संलग्न हो जाते हो कि आंख झपकती ही नहीं। तुम भूल ही जाते हो कि आंख को झपकाना है। और आंख न झपके तो थकेगी, क्योंकि झपकने से आंख को विश्राम मिलता है। झपकने से आंख को बीच-बीच में विराम मिलता है। झपकने से आंख ताज़ी रहती है – धूल साफ हो जाती है। झपकने से आंख गीली बनी रहती है, आर्द्र बनी रहती है, सूख नहीं जाती। तीन घंटे बैठे रहोगे फिल्म में और आंख न झपकाओगे तो आंख सूख जाएगी, धूल जम जाएगी। थकान उससे पैदा होती है।

फिल्म देखते-देखते आंख का झपकना रुक जाता है। तो आकाश के तारे देखते-देखते कभी आंख का झपकना नहीं रुक जाएगा? एक सुंदर संध्या, सूरज का डूबना, बादलों का रंगों से भर जाना, वर्षा के दिन, सावन का महीना, आकाश में इंद्रधनुष की मौज़ूदगी और आंखें झपकेंगी। सांस चलेगी। यह सब अपने से बंद हो जाएगा और जब भी कभी ऐसा हो जाता है, तभी तुम्हें आनंद की झलक मिलती है। आनंद की झलक इसलिए मिलती है कि थोड़ी देर के लिए तुम्हारे भीतर का सारा व्यवसाय शांत हो जाता है। श्वास का भी व्यवसाय शांत हो जाता है। तुम जैसे रहे ही नहीं,तुम जैसे किसी परलोक में प्रवेश कर गए। सद्‌गुरु के पास ऐसी घटना न घटे तो वह तुम्हारा गुरु नहीं, होगा किसी और का, जिसको ऐसी घटना घटती हो, उसका होगा। अगर तुम मुझसे पूछो कि सद्‌गुरु को कैसे पहचानें? तो बहुत पहचानों में एक पहचान बुनियादी यह भी है कि जिसके पास बैठे-बैठे तुम्हारी श्वास रुक जाए, तो समझ लेना झरोखा करीब है, भाग मत जाना, झरोखे को ज़रा टटोलना, रुके रह जाना, तू कहती है –

तुम्हें देखा तो सांसें रुकी ही रहीं,
मेरे मालिक! ये आंखें झुकी ही नहीं

पलकें न झुकेंगी आंखें न झुकेंगी, सब ठगा रह जाएगा, सब थिर हो जाएगा। सत्संग का अर्थ ही यही है, मीरा! कि जहां सब थिर हो जाए। जहां शिष्य ऐसा लीन हो जाए उसका अलग होना न बचे। जहां सद्‌गुरु तुम्हारी आंख हो, जहां सद्‌गुरु तुम्हारे हृदय की धड़कन हो, जहां सद्‌गुरु तुम्हारे प्राणों का आधार बन जाए।

मेरे मालिक! ये आंखें झुकी ही नहीं,
होश आते ही तुम छुप गए हो कहां।
तुम अभी थे यहां, तुम अभी थे यहां।

लेकिन होश आते ही यह बात खो जाएगी। होश आया अर्थात् अहंकार वापस लौटा। तुम्हारे होश का इतना ही अर्थ होता है। होश आया यानी तुम वापस आए। होश आया अर्थात् तुमने अपने को झकझोरा और कहा कि अरे, मैं कहां खो गया था? मैं किस बात में डूब गया था? यह मुझे क्या हो गया था? यह मैं कैसे ठगा-सा, ठहरा-सा रह गया था? यह सांसें बंद क्यों हुईं? यह आंखें झपकी क्यों नहीं? होश का तुम्हारे लिए एक ही अर्थ है – तुम्हारी वापसी, तुम्हारा फिर लौट आना। यह असली होश नहीं है। यह अहंकार का होश है। और इसलिए तत्क्षण संबंध टूट जाएगा। सद्‌गुरु से भी, सौंदर्य से भी, सत्य से भी, आनंद से भी, परमात्मा से भी। तत्क्षण संबंध टूट जाएगा। वह जो बंध रहा था सेतु, वह जो धागे प्रेम के, वह जो ढाई आख़र के धागे फैल रहे थे, टूट जाएंगे, तत्क्षण टूट जाएंगे। बड़े महीन हैं, बड़े नाजुक हैं, फिर वापस तुम अपने अहंकार में आ गए। फिर श्वास चलने लगेगी; फिर आंख झपकने लगेगी; फिर वही दुःख, फिर वही पीड़ा, फिर चिंता, फिर वही संताप; फिर सब ऊहापोह शुरू हो गया – विचार भागने लगे, भावनाएं उठने लगीं, तरंगायित हो गया चित्त फिर से, झील जो अभी क्षणभर को शांत हो गई थी, मौन हो गई थी, फिर तूफान उठ आया, फिर आंधी आ गई। इसलिए संबंध टूट जाएगा। जो भी क्षणभर को झलक मिली भी कहां खो गई, पता भी न चलेगा। पीछे ऐसा भी लगेगा कि कहीं भ्रांति तो नहीं थी। कहीं मन को कोई धोखा तो नहीं हुआ था। लेकिन सच्चाई यह है कि वही सत्य था, मन को धोखा अब हो रहा है।

मगर धीरे-धीरे मीरा! बार-बार ऐसा होगा। और जब बार-बार होगा तो

देर तक ठहरेगा। जब बार-बार होगा तो गहराई बढ़ेगी। जब बार-बार होगा तो यह अनुभव प्रगाढ़ होने लगेगा कि सत्य क्या है, असत्य क्या है, रोशनी क्या है, अंधकार क्या है। जैसे-जैसे यह प्रगाढ़ता अनुभव की बढ़ती है, वैसे-वैसे एक घड़ी आती है, एक दिन जब तुम बिल्कुल ही विसर्जित, समर्पित, कहां खो गए, पग-चिह्न भी न मिलेंगे। बुद्ध ने कहा है - "ज्ञानी ऐसे खो जाता है, जैसे पक्षी आकाश में उड़ते हैं और उनके पैरों के पग-चिह्न नहीं बनते। ऐसे ही ज्ञानी खो जाता है। पक्षियों के पग-चिह्नों की भांति।" बुद्ध ने कहा - "जैसे कोई पानी पर अक्षर लिखे। लिख भी नहीं पाता और खो जाता है। ऐसे ही ज्ञानी खो जाता है। मगर यह खो जाना पा जाने की प्रक्रिया है। यह मिटना होने की सीढ़ी है। यह शून्य होना पूर्ण होने का द्वार है।

– ओशो

(राम दुवारे जो मरै, प्रवचन-2)

जीवन एक रहस्य है...?

जीवन बंद मुट्ठी नहीं खुला हाथ है

मैं जीवन के रहस्य कैसे सीखूं?

जीवन में कोई रहस्य है ही नहीं। या तुम कह सकते हो कि जीवन खुला रहस्य है। सब कुछ उपलब्ध है, कुछ भी छुपा नहीं है। तुम्हारे पास देखने की आंख भर होनी चाहिए।

यह ऐसा ही है जैसे कि अंधा आदमी पूछे - ''मैं प्रकाश के रहस्य जानना चाहता हूं।'' उसे इतना ही चाहिए कि वह अपनी आंखों का इलाज करवाए ताकि वह प्रकाश देख सके। प्रकाश उपलब्ध है, वह रहस्य नहीं है, लेकिन वह अंधा है – उसके लिए कोई प्रकाश नहीं है। प्रकाश के बारे में क्या कहें? उसके लिए तो अंधेरा भी नहीं है – क्योंकि अंधेरे को देखने के लिए भी आंखों की जरूरत होती है। एक अंधा आदमी अंधेरा नहीं देख सकता। यदि तुम अंधेरा देख सकते हो तो तुम प्रकाश भी देख सकते हो, ये एक सिक्के के दो पहलू हैं। अंधा आदमी न तो अंधेरे के बारे में कुछ जानता है, न ही प्रकाश के बारे में ही। अब वह प्रकाश के रहस्य जानना चाहता है।

अब हम उसकी मदद कर सकते हैं, उसकी आंखों का ऑपरेशन करके। प्रकाश के बारे में बड़ी-बड़ी बातें कहकर नहीं, वे अर्थहीन होंगी।

जिस क्षण अहंकार विदा हो जाता है, उसी क्षण सारे रहस्य खुल जाते हैं। जीवन बंद मुट्ठी की तरह नहीं है, यह तो खुला हाथ है।

लेकिन लोग इस बात का मजा लेते हैं कि जीवन एक रहस्य है – छुपा रहस्य। अपने अंधेपन को छुपाने के लिए उन्होंने यह तरीका निकाला

है कि छुपे रहस्य हैं कि गुह्य रहस्य हैं जो सभी के लिए उपलब्ध नहीं हैं, या वे ही महान लोग इन्हें जान सकते हैं, जो तिब्बत में या हिमालय में रहते हैं, या वे जो अपने में शरीर में नहीं हैं, जो अपने सूक्ष्म शरीर में रहते हैं और कुछ चुने हुए लोगों को ही दिखाई देते हैं। और इसी तरह की कई नासमझियां सदियों से बताई जा रही हैं, सिर्फ इस कारण से कि तुम इस तथ्य को देखने से बच सको कि तुम अंधे हो। यह कहने की जगह कि "मैं अंधा हूं" तुम कहते हो, "जीवन के रहस्य बहुत छुपे हुए हैं, वे सहजता से उपलब्ध नहीं हैं। तुम्हें बहुत बड़ी दीक्षा की जरूरत होती है।"

जीवन किसी भी तरह से रहस्य नहीं है। यह हर पेड़-पौधे के एक-एक पत्ते पर लिखा है, सागर की एक-एक लहर पर लिखा है। सूरज की हर किरण में यह समाया है – चारों ओर जीवन के हर ख़ूबसूरत आयाम में। और जीवन तुमसे डरता नहीं है, इसलिए उसे छुपने की जरूरत ही क्या है? सच तो यह है कि तुम छुप रहे हो, लगातार स्वयं को छुपा रहे हो। जीवन के सामने अपने को बंद कर रहे हो, क्योंकि तुम जीवन से डरते हो। तुम जीने से डरते हो – क्योंकि जीवन को हर पल मृत्यु की जरूरत होती है। हर क्षण अतीत के प्रति मरना होता है। यह जीवन की बहुत बड़ी जरूरत है – यदि तुम समझ सको कि अतीत अब कहीं नहीं है। इसके बाहर हो जाओ, बाहर हो जाओ। यह समाप्त हो चुका है। अध्याय को बंद करो, इसे ढोये मत जाओ। और तब तीवन तुम्हें उपलब्ध है।

अभी के द्वार में प्रवेश करो और सब कुछ उद्घाटित हो जाता है – तत्काल खुल जाता है। इसी क्षण प्रकट हो जाता है। जीवन कंजूस नहीं है। यह कभी भी कुछ भी नहीं छुपाता है, यह कुछ भी पीछे नहीं रोकता है। यह सब कुछ देने को तैयार है, पूर्ण और बेशर्त, लेकिन तुम तैयार नहीं हो।

– ओशो

(आह दिस)

क्षण-क्षण जीओ

प्रारंभ में यह कठिन होगा कि तुम क्षण में रहो और हो सकता है कि किसी समय क्षण बहुत प्रसन्नता का भी न हो। तुम गुस्से में हो, तब मन पश्चाताप से भर जाए या कुछ करने लगे कि गुस्सा कभी भी न आए। कभी-कभी तुम उदास होते हो, तुम रेडियो चालू कर लेते हो या टी.वी.

खोल लेते हो, तुम किताब पढ़ने लगते हो, क्योंकि तुम उदास होना नहीं चाहते। तुम अपने मन को किसी चीज में उलझाना चाहते हो। और चूंकि दुःख के क्षण अधिक हैं प्रसन्नता के क्षणों से, इसलिए यह सतत आदत जड़ हो जाती है, तो जब प्रसन्नता आती है तब भी तुम घर पर नहीं होते। तुम कहीं और होते हो।

यह तय कर लो कि जो भी आये – उदासी, क्रोध– जो भी– अवसाद, अप्रसन्नता, दुःख उसके साथ रहो और तुम अचानक आश्चर्यचकित होओ कि यदि तुम उदासी के साथ बने रहते हो, उदासी ख़ूबसूरत चीज में बदल जाती है, उदासी गहराई हो जाती है। यदि तुम क्रोध के साथ बने रहते हो, इसके बारे में विचार नहीं करते हुए, मात्र क्रोध के साथ, क्रोध रूपांतरित हो जाता है, यह क्षमा बन जाता है। यदि तुम सेक्स के साथ बने रहते हो, सेक्स की गुणवत्ता बदल जाती है, वह प्रेम हो जाता है।

यदि तुम क्षण में जीने लगो तो तुम पाओगे कि तुम्हारा होना चमत्कार है, इसका अपना जादू है। प्रसन्नता गहन होगी। सामान्यतया तुम्हारी प्रसन्नता बहुत सतही है। गहरे में तुम लाखों चीजें ढो रहे हो, मात्र सतह पर यह है। यदि तुम इसके साथ बने रहते हो तो यह गहरी, गहरी और गहरी होती चली जाती है। यदि तुम इस सभी के साथ जीने लगो तो तुम चीजों को रूपांतरित करते हो, तुम नई गुणवत्ता ले आते हो, साक्षी, होश को जगाते हो, उदासी से लड़ो मत और प्रसन्नता के लिए लालायित मत रहो, क्योंकि यह विचलित करेगा, भटकायेगा।

तुमने देखा है? यदि तुम छुट्टी बिताने हिमालय या स्विटजरलैंड जाओ, महीनों तुम वहां पहुंचने का कार्यक्रम बनाते हो और जिस क्षण तुम वहां पहुंचो, तुम्हारा मन वापस जाने का कार्यक्रम बनाने लगता है, कैसे घर जाओ। देखो! महीनों तुमने कार्यक्रम बनाया है कि कैसे पहुंचें और जब तुम पहुंचते हो या इसके पहले कि तुम पहुंचो, राह में ही– तुम्हारा मन वापस जाने को करने लगता है- कैसे वापस जाओ?

तुम्हारा प्रत्येक पहुंचना लौटने का प्रारंभ है। और तुम कभी भी वहां नहीं हो, क्योंकि तुम वहां नहीं हो सकते। वापस घर जाकर तुम सोचने लगोगे। घर पर जाकर तुम वापस हिमालय के बारे में सोचने लगोगे, कितने सुंदर अनुभव से तुम गुजरे– और तुम वहां नहीं थे। यह ऐसे ही है जैसे कि तुमने उसके बारे में पढ़ा या किसी और ने उसके बारे में तुम्हें बताया। तुम

स्मृति को देखो यह ऐसे ही कार्य करती है यह फोटोग्राफ ले लेती है और एलबम बना लेती है। घर जाकर तुम एलबम खोल लोगे और देखोगे, और तुम अपने मित्रों को कहोगे - "ख़ूबसूरत!" और तुम फिर से अगले साल हिमालय जाने का कार्यक्रम बनाने लगोगे।

मन वहां कभी नहीं होता जहां तुम हो, होश हमेशा वहां है जहां तुम हो। मन को, विचारने को अधिक-से-अधिक छोड़ो और अधिक-से-अधिक होशपूर्वक होओ, जागरुक हो। स्वयं को पूरा इस क्षण में ले आओ। प्रारंभ में कठिनाई होगी। मन पुरानी आदतवश बार-बार दूर जाएगा। इसे वापस ले आओ। लड़ने की जरूरत नहीं है, बस वापस बुला लो - "आओ"।

यह वापस आ जाएगा... कुछ ही क्षणों में वह वहां नहीं होगा। इसे वापस बुला लो और धीरे-धीरे जब तुम इस क्षण का आनंद लेने लगते हो– अनंत क्षण, मात्र यही समय, मात्र अस्तित्व, मात्र जीवन जो है– जब तुम इसका आनंद लेने लगते हो, मन होता जाता है।

तब क्षण आता है। अचानक तुम यहां हो, घर पर और सत्य प्रकट होता है। सत्य हमेशा यहां था, तुम यहां नहीं थे। सत्य को लाना नहीं है, यह तुम हो जिसे घर आना है।

– ओशो

(सिन, सिन मिंग : दि बुक ऑफ नथिंग)

सफलता का मापदंड : आनंद

ज़िंदगी में जितना रस मालूम हो, जितना आनंद मालूम हो, जितना संगीत महसूस हो, जितनी सुगंध मालूम हो, ऐसा लगे कि जीना एक अद्‌भुत घटना है, एक-एक श्वास लेना सुख मालूम पड़ने लगे, तो समझना कि जीवन के बगीचे के करीब आने लगे। ये लक्षण हैं कि हम जीवन के करीब आने लगे। अगर जीवन एक बोझ लगे, भारी, ऐसा लगे जैसे ढो रहे हैं, एक उदासी, एक बोरडम मालूम हो, एक ऊब मालूम हो और ऐसा लगे कि कब मर जाएं, भगवान कब उठा ले और ऐसा लगे कि मोक्ष कब मिल जाए, जीवन से छुटकारा कब हो जाए और ऐसा लगे कि आवागमन से कैसे छूटें, कैसे छूटें। कहां भेज दिया इस दुनिया में, कब इससे छुटकारा हो, तो समझना चाहिए कि हम जीवन के केंद्र से दूर जा रहे हैं, तब से लक्षण प्रकट होने शुरू हो जाते हैं।

तो पहले तो यह सोच लेना चाहिए कि हमारी ज़िंदगी कहां खड़ी है? कैसी है? हम कह सकते हैं कि ज़िंदगी एक आनंद है? अगर कह सकते हैं तो हम ठीक दिशा में हैं, अगर हमें लगता है कि नहीं, हम ईमानदारी से यह नहीं कह सकते, कहना पड़ेगा कि ज़िंदगी एक दुःख है, तो समझना चाहिए हम ग़लत दिशा में चल रहे हैं।

और सफलता का क्या मतलब है? सफलता का मतलब है कि ज़िंदगी आनंद बनती चली जाए। असफलता का मतलब है कि ज़िंदगी दुःख बनती चली जाए। तब यह भी हो सकता है कि जिसको लोग सफल कहते हैं, वह सफल न हो और यह भी हो सकता है कि जिसको लोग असफल कहते हैं, वह सफल हो।

– ओशो

(नये समाज की खोज)

जीवन से भरपूर प्रेम करो

एक गुलाब, गुलाब होता है और गुलाब ही होता है। तुम जीवित हो और मुझसे पूछते हो जीवन क्या है? यदि मैं कब्रिस्तान में होता और लोग अपनी कब्रों से बाहर आकर यही पूछने लगते कि "जीवन क्या है?" तो यह प्रश्न संगत होता। मगर तुम अभी कब्र से बाहर हो। तुम जीवित हो, तुमने कभी अपने जीवन के स्रोत के विषय में नहीं जाना कि तुम्हारी सजीवता कहां से आई है।

ज़रा भीतर जाओ। हर चीज भूल जाओ – पूरी दुनिया को भूल जाओ। कुछ क्षण के लिए ही सही – ऐसे जैसे तुम अकेले हो – अपने भीतर जाओ। इसी वक्त इस गहरे मौन में तुम जान जाओगे कि जीवन क्या है। यह एक रहस्य है, जिसका अनुभव लेना है, मगर वर्णन नहीं हो सकता। इसलिए तो मैंने कहा है कि "गुलाब, गुलाब होता है और गुलाब ही होता है।" यह कुछ नहीं कहता, इसकी कोई व्याख्या नहीं है, किन्तु तुम इसका अनुभव कर सकते हो।

और गुलाब तो तुम्हारे बाहर की कोई चीज है, लेकिन जीवन तो वह सब है जो तुम हो। हज़ारों साल से तुम्हें इस तरह संस्कारित किया गया है कि तुम्हें जीना नहीं, मात्र जीवित रहना सिखाया गया है। धर्मों ने तुम्हें केवल यही सिखाया है कि जो भी तुम्हें जीवन का स्वाद दे सकता है, उस सबको छोड़ दो।

मेरा प्रयास इन सभी धर्मों के एकदम विपरीत है। मेरा संबंध जीवन के प्रति नकारात्मक भाव रखने वाले उन लोगों के वर्ग से नहीं हो सकता। मैं तो जीवन से भरपूर प्रेम करता हूं।

जीवन के प्रति मेरा दृष्टिकोण सकारात्मक है। तुम नृत्य करो, गाओ, प्रेम करो, तुम ध्यान करो। किसी भी तरह से तुम अपनी सजीवता की अनुभूति करने का प्रयत्न करो। तुम जो कुछ भी कर रहे हो, उसे गहनता और इतनी पूर्णता से करो कि तुम्हारा पूरा जीवन सक्रिय हो उठे, तुम्हारा रोम-रोम स्पंदित होता रहे।

तुम जान जाओगे, किन्तु तुम यह कभी नहीं कर सकोगे कि यह क्या है, लेकिन इसकी जरूरत नहीं है। जो कोई भी तुमसे पूछे, तुम उसे यह रास्ता दिखा सकते हो। तुम व्याख्या नहीं कर पाओगे कि जीवन क्या है, पर तुम उसे राह बता सकते हो कि तुम कैसे पहुंचे और तुमने इसका अनुभव कैसे प्राप्त किया।

यह जीभ पर रखा हुआ स्वाद है – बहुत मधुर।

– ओशो

(फ्रॉम बॉन्डेज टु फ्रीडम)

जीवन तो यही है। इसी जीवन को कुछ लोग नरक में बदल लेते हैं – अगर उनका जीवन को देखने का ढंग नकारात्मक हो। कुछ लोग स्वर्ग में बदल लेते हैं – अगर उनके जीवन को देखने का ढंग विधायक हो। कुछ लोग गुलाब की झाड़ी में कांटे भी गिनते रहते हैं और ज़िंदगी बीत जाती है और कुछ लोग फूल चुन लेत हैं। कांटे मत गिनो, फूल चुनो।

–ओशो

महाजीवन का द्वार

‘‘दसवें द्वार तारी लागी, अलख पुरुष जाको ध्यान धरै।’’ यह ‘‘दसवें द्वार तारी लागी’’... दसवां द्वार है, सहस्रार। वहां तारी लागी। यह ‘तारी’ शब्द बड़ा मधुर है। शब्दकोश में उसका जो अर्थ है, उससे पूरी बात समझ में न आयेगी, क्योंकि शब्दकोश तो कहेगा - नींद लगी। लेकिन ‘तारी’ का अर्थ सिर्फ नींद नहीं है। तारी का अर्थ है – एक सम्मोहित चित्त की दशा। जैसे तुम अपनी प्रेयसी को देखते हो, जैसे मजनूं ने लैला को देखा होगा – वह तारी है। तारी का मतलब यह है कि सारी दुनिया का होश खो गया, बस लैला रह गई, सारी दुनिया के प्रति मजनूं सो गया, सिर्फ लैला के प्रति जागा रहा है।

तारी का मतलब है, सारे संसार के प्रति नींद हो गई, जैसे संसार है ही नहीं, और सिर्फ परमात्मा की तरफ आंख अटकी रह गई। अपलक, पलक झपकती भी नहीं, यही होगी ही, क्योंकि जब दसवें द्वार पर पहली बार कोई खड़ा होता है और उस विराट सौंदर्य को देखता है, उस अनंत ध्वनि को सुनता है, उस अमृत की धारा में स्नान करता है, पहली बार ब्रह्मनंद का रस चखता है, तारी लग जाती है। तारी लग गई। अब सब संसार भूल गया।

ऐसा रामकृष्ण को बहुत बार हो जाता था कि वे छह-छह दिन तक बेहोश पड़े रह जाते थे– वह तारी की दशा थी। उनको कहीं भी लग जाती थी तारी। वे रास्ते पर चल रहे हैं और किसी ने कह दिया ‘‘जय राम जी’’ –उनकी तारी लग गई, वे वहीं रास्ते पर खड़े रह गए, हाथ-पैर वैसे ही रह गए। लोग तो समझते विक्षिप्त हो गये। उठाकर घर लाना पड़ता। घंटों लग जाते, तब तो होश में आते। कोई उनसे पूछता कि क्या हो जाता है, तो वे कहते – ‘‘ये शब्द ऐसे हैं कि याद आ जाती है, राम!... और मैं भीतर चला

गया।'' वे दसवें द्वार पर पहुंच गये। यह शब्द जैसे चाबी हो गया। इनसे एकदम दसवां द्वार खोल दिया।

तारी का अर्थ है – दसवें द्वार का सम्मोहन। वहां से परमात्मा दिखता है। जिसकी आंख उस पर पड़ गई, सारा संसार खो जाता है। शुरुआत में तो चाहिए साथी-संगी, भक्त, जो ध्यान रख सके, अन्यथा वह आदमी मर जाएगा, क्योंकि वह छह दिन बेहोश पड़ा... पानी भी देना पड़ता है मुंह में, दूध भी देना पड़ता, पंखा भी करना पड़ता, ओढ़ाना भी पड़ता। उसे तो कुछ भी पता नहीं। वह इस दुनिया में है ही नहीं। लाश पड़ी है इस दुनिया में। वह तो किसी और देश में उड़ गया। कबीर कहते हैं – ''चला हंसा वा देश'', वह जो दूसरा देश है, चल वहां।

नानक एक गांव से गुजर रहे थे। और आकांश में हंस उड़ गये। सरोवर के किनारे खड़े थे और हंसों की एक कतार उठी और नानक उनके पीछे भागने लगे। उनका भक्त मरदाना उनके साथ था। उसने रोकने की बहुत कोशिश की कि यह क्या कर रहे हो, लेकिन वह नहीं रुके। मरदाना भी पीछे भागता रहा। जब तक हंस ने रुक गये, तब तक नानक न रुके। लगता है हंस भी समझे। हंस रुक गये। नानक उनके पास पहुंच गये। मरदाना तो डरा कि वह पास जायेंगे तो वह फिर उड़ जाएंगे, मगर वे नहीं उड़े। नानक उनके बीच बैठ गये और आंखों में आंसुओं की धारा बह रही है और उन्होंने जो वचन कहे, वे बड़े अद्भुत थे। उन्होंने कहा – ''हंसों, तुम तो बड़े दूर आकाश में उड़ते हो, तुमने जरूर उस बनाने वाले को कभी देखा होगा। तुम तो बड़ी दूर-दूर की यात्रा पर जाते हो (चल हंसा वा देश), तुमने जरूर मेरे बनाने वाले को देखा होगा। मैं उसकी तलाश में हूं, कुछ खोज-ख़बर मुझे दो, कुछ पता-ठिकाना।'' फिर आंसू बह रहे हैं और वे वहीं रुके हैं और एक परम मस्ती ने उनको घेर लिया।

मरदाना को वे हमेशा साथ रखते थे। मरदाना एक संगीतज्ञ था। जैसे ही नानक खोने लगते, वह अपना एकतारा छेड़ देता। वह एकतारा तरकीब थी वापस लाने की। वह मरदाना के एकतारा को सुनकर, तत्क्षण वापस आ जाते थे। वह कुंजी थी। नहीं तो वे दसवें द्वारा पर अटक जाएं, तो जो रामकृष्ण की हालत होती थी, वह नानक की होती।

लेकिन रामकृष्ण के पास मरदाना जैसा कोई कुशल कलाकार नहीं था, क्योंकि वह वही धुन बजाता था, जो वापस लौटा ले। धीरे-धीरे नानक

वापस आ जाते, स्वस्थ हो जाते, शरीर में सो जाते। मरदाना को उन्होंने जीवनभर साथ रखा। मरदाना मुसलमान था, नानक हिन्दू थे। मंदिर में भी जाते तो तभी जाते जब मरदाना साथ जा सके, क्योंकि मंदिर में तारी लग जाए।

अगर कोई मंदिर कहता कि मुसलमान को न जाने देंगे तो वह मंदिर नानक के लिए बंद था।

तारी का अर्थ है, जब कोई दशम द्वार पर खड़ा होता है। जब कोई दसवें द्वार के आगे निकल जाता है, तब फिर तारी नहीं लगती। बुद्ध और महावीर को तारी नहीं लगती, इसलिए याद रखना इस बात को। रामकृष्ण को जैसी बेहोशी आती थी, ऐसी बुद्ध और महावीर के जीवन में कभी नहीं आई। दसवें द्वार पर रुककर उन्होंने नहीं देखा। वे तो सीधे उतर गए, द्वार पर ध्यान ही नहीं दिया। द्वार के पार कौन है, उस तरफ भी नहीं देखा – वे चले ही गये। वे खुद ही एक हो गये उसके साथ। फिर तारी नहीं लगती, क्योंकि द्वैत चाहिए, तारी लगने को। परमात्मा अलग, मैं अलग। मैं अपने घर पर खड़ा हूं। परमात्मा मुझे दिखाई पड़ रहा है – तब तारी लगती है। जब मैं डूब ही गया परमात्मा में, एक हो गया, तब तारी नहीं लगती। तारी किसकी लगेगी? तारी भक्त की लगती थी, भगवान की नहीं।

''दसवें द्वार तारी लगी, अलख पुरुष जाको ध्यान धरै।
काल कराल निकट नहिं आवै, काम-क्रोध-मद-लोभ जरै।।

और इस दसवें द्वार पर अब न तो मौत पास आती, क्योंकि पहले द्वार पर मौत है, दसवें द्वार पर अमृत है। पहले द्वार पर जीवन-मौत दोनों हैं। दसवें द्वारपर, जीवन के पार जो जीवन है – जिसका कोई जन्म नहीं, जिसका कोई अंत नहीं – महाजीवन है।

– ओशो

(सुनो भई साधो # 9)

ओशो - एक परिचय

बुद्ध पुरुषों की अमृत धारा में ओशो एक नया प्रारंभ है। वे अतीत की किसी भी धार्मिक परंपरा या श्रृंखला की कड़ी नहीं है। ओशो से एक नये युग का शुभारंभ होता है और उनके साथ ही समय दो सुस्पष्ट खंडों में विभाजित होता है : ओशो-पूर्व और ओशो-पश्चात्।

ओशो के आगमन से एक नये मनुष्य का, एक नये जगत का, एक नये युग का सूत्रपात हुआ है, जिसकी आधारशिला अतीत के किसी धर्म में नहीं है, किसी दार्शनिक विचार-पद्धति में नहीं है। ओशो सद्यःस्नात धार्मिकता के प्रथम पुरुष हैं, सर्वथा अनूठे रहस्यदर्शी हैं।

ओशो एक नवोन्मेष हैं नये मनुष्य के। नयी मनुष्यता के। ओशो का यह नया मनुष्य 'ज़ोरबा दि बुद्धा' एक ऐसा मनुष्य है जो ज़ोरबा की भांति भौतिक जीवन का पूरा आनंद मनाना जानता है और जो गौतम बुद्ध की भांति मौन होकर ध्यान में उतरने में भी सक्षम है – ऐसा मनुष्य है जो भौतिक और आध्यात्मिक दोनों तरह से समृद्ध है। 'ज़ोरबा दि बुद्धा' एक समग्र व अविभाजित मनुष्य है। ओशो का यह नया मनुष्य भविष्य की एकमात्र आशा है, इसके बिना पृथ्वी का कोई भविष्य शेष नहीं है।

अपने प्रवचनों के द्वारा ओशो ने मानव-चेतना के विकास के हर पहलू को उजागर किया। बुद्ध, महावीर, कृष्ण, शिव, शांडिल्य, नारद, जीसस के साथ-ही-साथ भारतीय आध्यात्म-आकाश के अनेक नक्षत्रों आदि शंकराचार्य, गोरख, कबीर, नानक, मलूकदास, रैदास, दरियादास, मीरा आदि पर उनके हज़ारों प्रवचन उपलब्ध हैं।

जीवन का एक ऐसा कोई भी आयाम नहीं है, जो उनके प्रवचनों से अस्पर्शित रहा हो, योग, तंत्र, ताओ, झेन, हसीद, सूफी जैसी विभिन्न साधना-परंपराओं के गूढ़ रहस्यों पर उन्होंने सविस्तार प्रकाश डाला है। साथ

ही राजनीति, कला, विज्ञान, मनोविज्ञान, दर्शन, शिक्षा, परिवार, समाज, गरीबी, जनसंख्या-विस्फोट, पर्यावरण तथा संभावित परमाणु युद्ध के व उससे भी बढ़कर एड्स महावीर के विश्व-संकट जैसे अनेक विषयों पर भी उनकी क्रांतिकारी जीवन-दृष्टि उपलब्ध है।

शिष्यों और साधकों के बीच दिए गए उनके ये प्रवचन 650 से भी अधिक पुस्तकों के रूप में प्रकाशित हो चुके हैं और 30 से अधिक भाषाओं में अनुवादित हो चुके हैं। वे कहते हैं - ''मेरा संदेश कोई सिद्धांत, कोई चिंतन नहीं है। मेरा संदेश तो रूपांतरण की एक कीमिया, एक विज्ञान है।''

ओशो का जन्म मध्य प्रदेश के कुचवाड़ा में 11 दिसंबर, 1931 को हुआ। 21 मार्च, 1953 को उनके जीवन में परम संबोधि का विस्फोट हुआ, वे बुद्धत्व को उपलब्ध हुए और 19 जनवरी, 1990 को, ओशो कम्यून इंटरनेशनल में देह-त्याग हुआ।

ओशो की समाधि पर स्वर्ण अक्षरों में अंकित है -

OSHO
Never Born
Never Died
Only Visited this
Planet Earth between
Dec-11-1931 - Jan-19-1990

ध्यान और सृजन का यह अनूठा नव-संन्यास उपवन, ओशो कम्यून, ओशो की विदेह-उपस्थिति में भी आज पूरी दुनिया के लिए एक ऐसा प्रबल चुंबकीय आकर्षण-केंद्र बना हुआ है कि यहां निरंतर नये-नये लोग आत्म-रूपांतरण के लिए आ रहे हैं तथा ओशो की सघन-जीवंत उपस्थिति में अवगाहन कर रहे हैं।

एक निमंत्रण

ओशो के प्रवचनों को पढ़ना, उन्हें सुनना अपने आप में एक आनंद है। इनके द्वारा आप अपने जीवन में एक अपूर्व क्रांति की पदचाप सुन सकते हैं। लेकिन यह केवल प्रारंभ है, शुभ आरंभ है। इन प्रवचनों को पढ़ते हुए आपने महसूस किया होगा कि ओशो का मूल संदेश है – ध्यान। ध्यान की भूमि पर ही प्रेम के, आनंद के, उत्सव के फूल खिलते हैं। ध्यान आमूल क्रांति है।

निश्चित ही आप भी चाहेंगे कि आपके जीवन में ऐसी आमूल क्रांति हो, आप भी एक ऐसी आब-ओ-हवा को उपलब्ध करें, जहां आप अपने आपसे परिचित हो सकें, आत्म-अनुभूति की दिशा में कुछ क़दम उठा सकें, कोई ऐसा स्थान जहां और भी कुछ लोग इस दिशा में गतिमान हों।

ओशो ने एक ऐसी ही ध्यानमय, उत्सवमय आब-ओ-हवा वाला ऊर्जा-क्षेत्र निर्मित किया है पुणे में 'ओशो कम्यून इंटरनेशनल'। यहां ओशो की उपस्थिति में हज़ारों लोगों ने ध्यान की गहराइयों को छुआ है। सतत ध्यान के द्वारा यह स्थान ध्यान की एक ऐसी सघन ऊर्जा से आविष्ट हो गया है कि ओशो के देह-त्याग के बाद, आज भी आप उनकी ऊर्जा से स्पंदित इस बुद्ध क्षेत्र में ओशो की उपस्थिति की अनुभूति कर सकते हैं तथा रूपांतरित हो सकते हैं। यह एक क्रांति स्थल है।

ध्यान के लिए, स्थान का अपना महत्त्व है, इसलिए अतीत में तीर्थ, मंदिर, मस्जिद व आश्रम बनाए जाते हैं। यानी एक ऐसा स्थान जहां केवल पूजा, प्रार्थना व ध्यान ही होता हो, ऐसे स्थान की आब-ओ-हवा अलग होती है। भारत में पुणे के अतिरिक्त और अनेक ध्यान केंद्र हैं, जहां सुबह से सांझ तक ओशो रचित ध्यान प्रयोग विशेष ध्यान कक्ष में होते हैं।

अधिक जानकारी के लिए oshoworld.com, osho.com पर लॉग ऑन करें। ओशो कहते हैं – "पूरी दुनिया में मेरे सभी छोटे कम्यून, आश्रम व ध्यान केंद्र छोटे बुद्ध क्षेत्र बनेंगे। हमें पूरी पृथ्वी को बुद्ध क्षेत्र से भर देना है। हमें बुद्ध क्षेत्रों की श्रृंखला का सर्जन करना है।"

इसमें आपका स्वागत है।

ओशो का हिन्दी साहित्य

उपनिषद्

सर्वसार उपनिषद्

कैवल्य उपनिषद्

अध्यात्म उपनिषद्

कठोपनिषद्

ईशावास्य उपनिषद्

निर्वाण उपनिषद्

आत्म-पूजा उपनिषद्

केनोपनिषद्

मेरा स्वर्णिम भारत
(विविध उपनिषद्-सूत्र)

कृष्ण

गीता-दर्शन
(आठों भागों में अठारह अध्याय)

कृष्ण-स्मृति

कबीर

सुनो भई साधो

कहे कबीर दीवाना

कहे कबीर मैं पूरा पाया

न कानों सुना न आंखों देखो
(कबीर व फरीद)

बुद्ध

एस धम्मो सनंतनो (बारह भागों में)

अष्टावक्र

अष्टावक्र गीता (नौ भागों में)

महावीर

महावीर वाणी (दो भागों में)

जिन-सूत्र (दो भागों में)

महावीर या महाविनाश

महावीर : मेरी दृष्टि में

ज्यों की त्यों धरि दीन्हीं चदरिया

लाओत्से

ताओ उपनिषद् (छह भागों में)

अन्य रहस्यदर्शी

अथातो भक्ति जिज्ञासा (शांडिल्य)

भक्ति-सूत्र (नारद)

शिव-सूत्र (शिव)

भजगोविन्दम मूढ़मते
(आदिशंकराचार्य)

एक ओंकार सतनाम (नानक)

जगत तरैया-भोर की (दयाबाई)

बिन धन परत फुहार (सहजोबाई)

पद घुंघरू बांध (मीरा)

नहीं सांझ नहीं भोर (चरणदास)

संतों! मगन भया मन मेरा (रज्जब)

कहै वाज़िद पुकार (वाज़िद)

मरौ हे जोगी मरौ (गोरख)

सहज-योग (सरहपा-तिलोपा)

बिरहिनी मंदिर दियना बार (यारी)

प्रेम-रंग-रस ओढ़ चदरिया (दूलन)

दरिया कहे सब्द निरबाना
(दरियादास बिहारवाले)

हंसा तो मोती चुगे (लाल)

गुरु-परताप साध की संगति (भीखा)

मन ही पूजा मन ही धूप (रैदास)

झरत दसहुं दिस मोती (गुलाल)

नाम सुमिर मन बावरे (जगजीवन)

अरी, मैं तो नाम के रंग छकी
(जगजीवन)

कानों सुनी सो झूठ सब (दरिया)

अमी झरत बिगसत कंवल (दरिया)
हरि बोलौ हरि बोल (सुंदरदास)
ज्योति से ज्योति जले (सुंदरदास)
जस पनिहार धरे सिर सागर (धर्मदास)
का सोवै दिन रैन (धर्मदास)
सबै सयाने एक मत (दादू)
पिव-पिव लागी प्यास (दादू)
अजहूं चेत गंवार (पलटू)
काहे होत अधीर (पलटू)
कन थोरे कांकर घने (मलूकदास)
रामदुवारे जो मरे (मलूकदास)
जरथुस्त्र : नाचता-गाता मसीहा (जरथुस्त्र)

प्रश्नोत्तर

नहिं राम बिन ठांव
प्रेम बिन ऐसो कठिन
उत्सव आमार जाति, आनंद आमार गौत्र
मृत्योर्मा अमृतं गमय
प्रीतम छवि नैनन बसी
रहिमन धागा प्रेम का
उड़ियो पंख पसार
सुमिरन मेरा हरि करे
पिय को खोजन मैं चली
साहेब मिल साहेब भये
जो बोलैं तो हरिकथा
बहुरि न ऐसा दांव
ज्यूं का त्यूं ठहराव
ज्यूं मछली बिन नीर
दीपक बारा नाम का
अनहद में बिसराम
लग्न-महुर्त झूठ सब
सहज आसिकी नाहिं
पीवत रामरस लगी खुमारी
रामनाम जान्यो नहीं
सांच सांच सो सांच
आपुई गई हिराय
बहुतेरे हैं घाट
कोंपलें फिर फूट आईं
फिर पत्तों की पांजेब बजी
फिर अमृत की बूंद पड़ी
क्या सोचै तू बाबरी
चल हंसा उस देस
कहा कहूं उस देस की
पंथ प्रेम को अटपटो
माटी कहै कुम्हार सूं
मैं धार्मिकता सिखाता हूं, धर्म नहीं

तंत्र

सम्भोग से समाधि की ओर
तंत्र-सूत्र (पांच भागों में)
योग : नये आयाम

झेन, सूफी और उपनिषद् की कहानियां

बिन बाती-बिन तेल
सहज समाधि भली
दीया तले अंधेरा

बोध-कथा

मिट्टी के दीये

विचार-पत्र

क्रांति-बीज
पथ के प्रदीप

पत्र-संकलन

अंतर्वीणा

प्रेम की झील में अनुग्रह के फूल

ढाई आखर प्रेम का

पद घुंघरू बांध

प्रेम के फूल

प्रेम के स्वर

पाथेय

साधना-शिविर

साधना-पथ

मैं मृत्यु सिखाता हूं

जिन खोजा तिन पाइयां

समाधि के सप्त द्वार (ब्लावट्स्की)

साधना-सूत्र (मेबिल कॉलिन्स)

ध्यान-सूत्र

जीवन ही है प्रभु

असंभव क्रांति

रोम-रोम रस पीजिए

ध्यान, साधना

ध्यानयोग : प्रथम और अंतिम मुक्ति

नेति-नेति

चेति सकै तो चेति

हसिबा, खेलिबा, धरिबा ध्यानम्

समाधि कमल

साक्षी की साधना

धर्म साधना के सूत्र

मैं कौन हूं

समाधि के द्वार पर

अपने माहिं टटोल

ध्यान दर्शन

तृषा गई एक बूंद से

ध्यान के कमल

जीवन संगीत

जो घर बारे आपना

प्रेम दर्शन

राष्ट्रीय और सामाजिक समस्याएं

देख कबीरा रोया

स्वर्ण पाखी था जो कभी और अब

है भिखारी जगत का

शिक्षा में क्रांति

नये समाज की खोज

नये भारत की खोज

नये भारत का जन्म

नारी और क्रांति

शिक्षा और धर्म

भारत का भविष्य

अंतरंग वार्ताएं

संबोधि के क्षण

प्रेम नदी के तीर

सहज मिले अविनाशी

उपासना के क्षण

विविध

अमृत-कण

मैं कहता आंखन देखी

एक-एक क़दम

जीवन क्रांति के सूत्र

जीवन रहस्य

करुणा और क्रांति

विज्ञान, धर्म और कला

शून्य के पार

प्रभु मंदिर के द्वार पर

तमसो मा ज्योतिर्गमय

प्रेम है द्वार प्रभु का
अंतर की खोज
अमृत की दिशा
अमृत वर्षा
अमृत द्वार
चित चकमक लागे नाहिं
एक नया द्वार
प्रेम गंगा
समुद्र समाना बूंद में
सत्य की प्यास
शून्य समाधि
व्यस्त जीवन में ईश्वर की खोज
अज्ञात की ओर
धर्म और आनंद
जीवन-दर्शन
जीवन की खोज
क्या ईश्वर मर गया है?
नानक दुखिया सब संसार
नये मनुष्य का धर्म
धर्म की यात्रा
स्वयं की यात्रा
स्वयं की सत्ता
सुख और शांति
अनंत की पुकार

ओशो के ऑडियो-वीडियो प्रवचन एवं साहित्य के संबंध में
समस्त जानकारी हेतु संपर्क सूत्र '

ओशो मीडिया इंटरनेशनल

17, कोरेगांव पार्क, पुणे-411001, महाराष्ट्र
फोन : 020-66019981

OSHO LIBRARY

C-65, KIRAN GARDEN, UTTAM NAGAR,
NEW DELHI-110 059
Phone : 9868560981, 8826801877
E-mail : kdurgeshc@yahoo.com

लेखक परिचय

स्वामी आनंद सत्यार्थी (प्रोफेसर सतपाल परुथी, पीएच.डी. रेकी ग्रेंडमास्टर) जून, 1974 में, पूना आश्रम में आयोजित प्रथम ध्यान शिविर (10 दिन) में ओशो द्वारा संन्यास में दीक्षित।

फरवरी, 1971 से जनवरी 1998 तक हरियाणा कृषि विश्वविद्यालय, हिसार में कार्यरत। 1977 से विभिन्न ध्यान केंद्रों द्वारा आयोजित ध्यान शिविरों का संचालन कर रहे हैं तथा विभिन्न संस्थाओं द्वारा आयोजित विचार गोष्ठी में ओशो दर्शन पर मुख्य वक्ता के रूप में आमंत्रित।

1984 व 1985 में रजनीश पुरम (अमेरिका) में आयोजित वार्षिक समारोह में भाग लिया। रेकी ग्रेंड मास्टर के प्रशिक्षण के बाद प्रेरित होकर ओशो प्रवचन पर आधारित 'ध्यान ऊर्जा द्वारा स्पर्श चिकित्सा' ग्रुप विकसित किया।

लेखक द्वारा प्रकाशित पुस्तकें :

ध्यान ऊर्जा द्वारा स्पर्श चिकित्सा
तनाव मुक्त कैसे जियें
सरल ध्यान विधियां
सक्रिय ध्यान के रहस्य
ओशो कहानी संग्रह
तनावमुक्त जीवन (पंजाबी, तमिल, गुजराती)
जीवन जीने की कला (अंग्रेजी)
Meditation (Orange Book)
Drugs to Meditation

E-mail : swamianand.satyarthi@gmail.com